此地是他乡

Ci Di Shi Ta Xiang

人民文学出版社

有价值悦读

孙甘露

图书在版编目(CIP)数据

此地是他乡/孙甘露著.—北京:人民文学出版社,2015
(有价值悦读)
ISBN 978-7-02-010950-0

Ⅰ.①此… Ⅱ.①孙… Ⅲ.①中篇小说—小说集—中国—当代
②短篇小说—小说集—中国—当代 Ⅳ.①I247.7

中国版本图书馆 CIP 数据核字(2015)第 106018 号

责任编辑　王　晓
责任校对　杨益民
装帧设计　陶　雷
责任印制　王景林

出版发行　人民文学出版社
社　　址　北京市朝内大街 166 号
邮政编码　100705
网　　址　http://www.rw-cn.com

印　　刷　涿州新华印刷有限公司
经　　销　全国新华书店等

字　　数　121 千字
开　　本　787 毫米×1092 毫米　1/32
印　　张　7.25　插页 3
印　　数　1—10000
版　　次　2015 年 10 月北京第 1 版
印　　次　2015 年 10 月第 1 次印刷

书　　号　978-7-02-010950-0
定　　价　28.00 元

如有印装质量问题,请与本社图书销售中心调换。电话:01065233595

出版说明

社会飞速发展,欲求稳定健康、立足长远,必须有具备良好价值的文学读品,丰富和保护我们个体的心灵和创造力;社会飞速发展,现实的我们,也确实没有多少完整的时间,投入心性的培养和审美能力的提升。人民文学出版社推出这套"有价值悦读"丛书,以作品精到为编选方向,以形态精致为制作目标,旨在为当今奔忙于生计和学业的人们,提供一个既可以随时便览,抽时间细细品味也深有内涵的文学经典读本。

初出第一辑,以当代优秀的小说家为主,每人一册,不特选小说,作者有被称道的散文作品亦纳入该作者的选本。

限于目前的具体情况,一些作者未能收入眼下这一辑,我们将在后续的出版过程中,满足大家的要求。

我们热切地期盼广大读者,对我们这套丛书提出意见和建议,以使我们能够做得更好,我们彼此能够更贴近。

人民文学出版社编辑部

目 录

我是少年酒坛子 \ *1*

请女人猜谜 \ *17*

忆秦娥 \ *61*

此地是他乡 \ *101*

上海流水 \ *143*

我是少年酒坛子

引　言

你知道是谁在背后打量你?(语出《米酒之乡》)

场　景

那些人开始过山了。他们手持古老的信念。在一九五九年的山谷里。注视一片期待已久的云越过他们的头顶。消失在他们将要攀登的那座山峰的背面。渐渐远去。等候他们爬上顶峰。再一次从高处注视。消散或者在天边隐去。然后。为这座山峰命名。（Ⅰ）

他们最先发现的是那片滑向深谷的枝叶。他们为它取了两个名字。使它们在落至谷底能够互相意识。随后以其中的一个名字穿越梦境。并且不致迷失。并且传回痛苦的讯息。使另一个入迷。守护这一九五九年的秘密。（Ⅱ）

他们决定结束遇见的第一块岩石的。回忆。送给它音乐。其余的岩石有福了。他们分享回忆。等候音乐来拯救他们进入消沉。这是一九五九年之前的一个片断。沉思默想的英雄们表演牺牲。在河流和山脉之间。一些凄苦的植物。被画入风景。（Ⅲ）

那些想过河的人下山过河去了。他们渴望水的气息。他们将不得休息。山上的人们想。犹如思考罪孽。他们中间的谁开始衰老。因为他想比自己活得更久。于是耻辱四散开来。安慰所有下

山的人。这就是一九五九年的信心。(Ⅳ)

他们中间的某人看见了下面的街道。那人正急着内省。不打算告诉别人。所有的人。当然最先是他本人。错过了醉心于平凡事物的喜悦。他们的艰难的感情历程将无以呈现。他们观看这源泉喷涌。他们无力为之所动。在静观中消失得无影无踪。这是一九五九年的馈赠。(Ⅴ)

人　物

我为何至今依然漂泊无定,我要告诉你的就是这段往事。今夜我诗情洋溢,这不好。这我知道。毫无办法,诗情洋溢。今夜我,就是这个样子。装作醉了的样子。其实我没喝酒。打开书本。你的、我的、他的。找找有没有我这个样子的,当然找不到。我这个样子,醉成这个样子,当然找不到什么可以做样子。

我的世界,也就是一眼水井,几处栏杆。一壶浊酒,几句昏话。

我在一个炎热的夏季傍晚(确切的时间是百年中的某一天)会见一位表情忧郁体力充沛写哀怨故事的自称诗人的北方来客,在鸵鸟钱庄(它从前酒旗高悬)完成了这段如那个阿根廷盲者所指出的那类习惯性的回忆。

故　事

草席似水，瓦罐如冰。

钱庄内极为阴暗潮湿，如同我满脑子的胡乱念头。

曲尺形的柜台光可鉴人，那位长相如同鸵鸟的掌柜生就一副骇人的容貌，那神情介于哲人与鳏夫之间，既有沉溺于思辨的惬意的孤寂，又有因谙熟于逝去了的男欢女爱而特有的敌意的超然。

鸵鸟径自朝我们走来，将两只瓦罐放到桌上。忽然直勾勾地抓起我的胳膊："喂！肤色有点异常呀！这可不会是喝酒喝的。"说完，他就把鼻子移到柜台后面，不再吱声。

我们没有得到下酒的小菜。据邻桌一对表情暧昧的人声称，谈话，就是这儿下酒的菜。众人鸡啄米般地搞着凑得极近的头，频率极高地谈论着什么。我和诗人竖起耳朵仔细分辨，俄顷，所有的人都停止了谈话，将脑袋转向我俩："喂！谈话！谈话！喂！你们！你们自己谈话！"在我们周围是一片吵吵嚷嚷，"你们，别想用旁人的谈话下酒。新来的笨蛋！一对笨蛋！两个！两个！笨蛋！"众人的嗓音里流溢出醉意的自豪。

"酒喝得是否尽兴，全看谈话是否适宜于下酒喽！"在语尾加喽字的人,两手麻利地洗着纸牌打我们桌边踱过。

"我们试试吧?"诗人捧起瓦罐询问道。

"那么,也好。"我斜眼瞧瞧柜台后面的鸵鸟,"你来南方之前都做些什么?"

诗人将身子仰到椅背上,做出一副很优雅的样子,高声说:"我把自己藏在家里。你应该懂得,北方是个藏龙卧虎的地方。"说罢,他神气地扫了一眼钱庄内的人。

鸵鸟的脖子不动声色地竖着。

"在我们南方,大家伙都待在街头上的。"我嘀咕道。他伸出右手焦黄的食指,意思切中要害:"不能因为你在街上,就说大家都在街上。"

"那么,有人来寻找或者拜访你吗?"我慌忙岔开话题。他和蔼地解释道:"一旦有人找上门来,我们就倾巢而出。反之,我们就把自己藏起来。"

"你们是藏在一起,还是四散东西?"我揣测,这是时下北方流行的一种游戏,便试图得到一些基本的规则,好在南方率先玩起来。

"藏无定法。"诗人的食指当当地敲着瓦罐,"或三五成群,或单吊一室。或于显眼处藏身,或于幽暗处现形。不藏即藏,藏即不藏,聚即散,散即聚……"

他那梦语般入迷的低述,他那飘忽的神情,似乎不断地在恳请慰藉。他那引人遐想的语调,给人一种惊讶不已的愉悦之感。

"我们在我们的个人生活与他人的书籍之间自由出入。"诗人补充道。

我不明白他回忆的是什么人物,我只是认为他想表现他的诗人气质。

他的目光总是越过你,即使他非常爱你,他还是要越过你。就像越过随水而出的舟楫。他的目光总是那么迷离,仿佛他总是迎风而立。

他总是在朗诵,谈话就如一首十分口语化的诗作片断。不断切入,走向不明,娓娓道来。谈话是片断的,是非吟诵的。总之,他是不真实的,而又是令人难忘的。

"你到南方是来参加季节典礼吗?"

"不,我是来参加嘲讽仪式的。"

在我们谈话的时候,时间因讽拟而为感觉所羁留。鸵鸟钱庄之外是被称作街景的不太古老但足够陈旧的房屋。是紧闭或打开的窗,是静止不动或飘拂的窗帘,是行走或伫立的人群。

诗人一气喝干了他的瓦罐:"在梦与梦之间是一次典礼和一

些仪式。而仪式和雨点是同时来临的。在传说中,这是永恒出现的方式。"

我估计,他是在力图重建一种诗歌环境。

诗人用食指蘸了蘸滴在桌边的酒渍,在桌面上用力划道:"圣水之边,芭蕉尾际。喟叹时刻,松枝时节。"

"送你啦!"

他揭示事物的方式令人联想到那些过寄生生活的人。他们优雅而疲倦。他们活动于他们臆想的空间,他们不吝啬时间,而又对流逝的岁月耿耿于怀。他们总是纠缠于情感的细枝末节,总是在大众的尾部说三道四。

"例如,"诗人嗓音圆润,"一个从早至晚四处串门的人和在南方弄堂或者北方胡同里散布流言蜚语的人,这两者之间的细微差别,使他们之间难以互相辨认。假如我明智到能以调侃的语调,轻松地谈论在门后或院角的小凳上刻苦手淫的男人,我势必如梦游者般掠过那些在傍晚或午夜隐于街角或门洞里谨慎接吻的人的非凡想象。如果我急需诗意来为整日价懒在床上不起来的人辩护,只消提出从未谋面的在背阴处或拐角处吹口琴的不知疲倦的人来。就足以使嗜睡者和耽于冥想者和谐地统一起来。倘若一年四季对镜梳妆却从不出门的女人值得我们一年四季留心窥视。那么,端坐在阳光下的圈手椅里读各种报纸的老人的内心生活更加无从揣摩。假设我能够体味摆弄钟表的男人的乐趣的万分之一,我就有足够的胆量对不停地打扫房间的人的超常洁癖做耐心到庸俗的归纳。"

诗人说得兴起,一边示意鸵鸟添酒一边绕桌踱起四方步来。

"是的,我沉浸在一种疲惫不堪的仇恨之中,我的经历似乎告诉我唯有仇恨是以一种无限的方式存在着的。这一发现使我对仇恨充满了仇恨。这让人既难过又高兴。仿佛有一种遗世而立的美感。"

"我在一部介绍游牧民族的电影中见到过你的祖先。"我借着酒意,异想天开而又小心翼翼地对他说,"你的祖先浑身披挂,很是窝囊。他们骑的是一种类似萝茜难得的瘦而高的吃苦耐劳的马。我记得解说词里提到豪迈、自由之类的字眼。"

"那一定还提到了酒和女人,失意和孤独,这些字眼有着天然的联系。"诗人满不在乎地随口说道。

邻桌的饮酒者似乎对诗人张张扬扬的言谈举止并不在意。我开始怀疑诗人用这番谈话来下酒是否得当。诗人一手提着瓦罐,一手在空中比画着。他历来如此?还是由于初来乍到?或许诗人全都是如此饶舌。

"对我来说,韶华已逝,将苦涩的回忆转变为流畅的文字,已经不能抚慰际遇带来的创痛。世界艺术地远去,我和我的诗句独自伫立。我已不知星夜宁静与否,只是感到总是无所事事。我的年纪告诉我,风走风来只是拆散句子。我的表情令人失望地松弛,诗句堤岸在我的笔下等候,离散或者重逢,爱一次或者渴望另一次。"

"喝了我的酒全这样。"鸵鸟在柜台边蛮有把握地说。

"酸!酸!酸倒大牙!酸倒最大的牙!"玩纸牌的人在钱庄内穿梭往返,不停地嚷嚷。

"你看,"诗人自信而又无可奈何地说,"我必须抑制我的随想式的思绪,我必须重新投入谈话,就像投入一场满怀疑虑的谅解。在这种充溢着疑虑的谅解里,一个男孩子是永远也不会成熟的。他感觉到,他似乎永远沉溺在疲倦而悲戚的对成熟的记忆之中。在这类漫无止境的讨论中,成熟有了一种不断迫近来的窒息之感,令人隐隐地感到幼稚将始终由潜在的幸福陪伴着。它导致了拒绝成熟。这样的性格,使人在整个一生的大部分时间里必须单独面对自己,面对一种自我封闭的诗意的孤寂。"

"酸有酸的理!酸有酸的理!"伴随着嚷嚷的是稀里哗啦的洗牌声。

"我不妨谈谈我的父亲。"这会儿我才看出诗人的固执来,"他以一种自称的不加影响的方式影响他儿子的整整一生。我们父子利用散步的时间吵架,在饭桌旁怄气,在肤浅的睡眠中诋毁对方。唯有在对待女人的感情上,我们父子具有惊人的一致。他教导我,女人近似书籍。读自己的书有一种熟悉的陌生感,而读别人的书则有一种陌生的熟悉感。依我而言,女人和书籍一样,都以隐秘来遮掩乏味的陈旧。"

"因饮酒而论至女人,这是规律,今日看来诗人也不能免。"玩牌的人这会儿也不嚷嚷了,饶有兴致地挤到桌边。

诗人鄙夷地扫了他一眼,继续道:"在我的少得可怜的诗作中,有一半是写给女人的,而其余的则是因女人而写的。"

"拿来瞧瞧!"玩牌的人插言道。

"在我看来,我的诗句,有点近似通俗音乐会的节目单,有一种热热闹闹的赏心悦目之感。而我的实际的爱情生活是由一连串互不连贯的始于温情止于咒骂的短小故事组成的。"诗人再次以一个鄙夷的眼光止住试图插嘴的玩牌人,以九九归一的语气作结,"有一天,谁敢说他了解女人,他就要犯错误了。"

"没劲,没劲。"玩牌者打条凳上跳开了去,"此君是个阉人,既无花前柳下,又无肌肤之亲。没劲透了!没劲透了。"随着依然是哗哗的洗牌声。

谈话就是这样闪闪烁烁地进行。仿佛在下语言跳棋,扭来拐去的。又仿佛是暖胃的米酒,在体内流畅而又曲折。

"人是不是应当更多地和自己谈谈话呢?要真是如此,一个人会不会因为对自己过于了解而感到厌烦呢?"我已完全为侃侃而谈的诗人所折服。

"保持距离就是保持感觉。你对人对己都别太热乎喽。而我不同,像我这样的人,距离和感觉都是有害的。我就是要跟人热乎。对我来说,最为重要的就是热乎。随后才轮到判断和回顾,才轮到惋惜和惆怅,才轮到追悔和哀痛,或者其他别的什么。岁月告诉我,必须委婉地进入生活。"

我正听得入神,忽听玩牌者在门旁叫道:"下雨啦。"

众人静了下来,这会儿我听清了,除了洗牌声之外,还有雨声。

我在酒中想象。一架钢琴在演奏旋律,乐队则像在远处应和。乐曲奏至一个短暂的休止,就跟刚好洗完一副牌,窗外的雨声一下子拥进屋内。徐缓奏起的弦乐仿佛湿漉漉的,而钢琴晶莹的走句就像是水滴。

"雨是很短暂的。"诗人沉稳的声音打断了我的臆想。

"这还不如说人的印象短暂。"

"你那么年轻,那么富于诗意地谈论着想象的短暂,你是什么样的年轻人呀,这些如此沉重的字眼是如此轻易地打从你的唇间吐出,难道你凭借想象的光芒一下子飞抵了岁月的最深处,而我要到什么时候才开始迈近它?让我更快地老去吧,既然我无法以年轻的姿态走近你,那么就让我在岁月的最深处与你会晤。"

听诗人的意思,似乎还有一次以谈话下酒的经历在什么地方等着我。只是不知那儿有没有玩牌者。

从诗人瘦削的脸上我感受到他是那么沉迷于深秋的凉意和傍晚光线充足时,那种转瞬即逝的温暖。因为他正就他的诗作中出现最多的秋天这个词或者有关秋天的场景和意象而沾沾自喜。

"我少年的时候,总是设想以一种平凡的方式死在一座美丽的花园里,周围是缠绕的藤萝和垂荡的柳枝。我把植物当作一种象征。有一天我是否可以把自己的尸首编入哪本植物志的某一页中,让自己在易于腐烂的东西中间寻求安恬的归宿。"

"我们这儿还有一座这样的花园。"鸵鸟在柜台后边也冷不丁插了一句。

"有一座!有一座!"玩牌者带头应和着。

我得给这位北方来客解围:"喂!"我起身嚷道,"我要尿一尿啦!"

"我们这个钱庄造在一块坡地上,你随意啦。水往低处流嘛!"

诗人霍地立起,很有名士风度地扬扬手:"随我来。"

我夹紧两腿,随诗人进入一条狭长的回廊,向花园走去。

"我们总有无穷无尽的走廊和与之相连的无穷无尽的花园,岁去年来,这类漫步与行走演绎出空穴来风般的神力,而异香熏人的花园则给人一种独寝花间、孤眠水上的氛围。行走和死亡同样妙不可言。"

"我可是要尿了!"我催促道。

"不忙。"诗人一路踱来,兴意盎然,"你看,"他突然顿住脚,"这是什么?"

在雕梁画栋的回廊尽头分明是一枚闪闪发光的铜币。

"稀罕之物!"

"这里是钱庄嘛!"我大不以为然。

"我在北方多年,未曾一见,真是不虚此行呀。"说话间神采奕奕,换了个人似的,"我们应当听个响。"诗人抬手将铜币掷向透过花园的杂木乱树斜射而来的夕阳中。

我们用较温和的语气探讨了一番铜币的铸造年代,诗人断定,这类在碎石道上一蹦五尺高的铜币,一准铸造于升平时代。而我则倾向于梦游时代的晚期。

就在这当口儿,铜币忽然带着叮当的响声朝坡下飞去。我正犹豫,诗人已率先向坡下追赶而去。

诗人跑起来,两臂前后摆动,仿佛在晚霞的余光中划着一艘孤独而华丽的龙舟。我跑起来则比较拘谨——因为夹着尿。不一会儿,我便被落下许多。在家乡的坡道上,我苦苦追求的形象,幻景般地令我自己感动不已。

"喂。我说你呀!赶路要谦卑,不要超出单纯的界限。"玩牌者不知什么时候也来到雨后的泥地里溜达。他一边杂耍似的洗着牌。一边从嘴里吐出黏糊糊的瓜子壳。

就这会儿工夫,诗人已跑得无影无踪。

一个卖春药的江湖骗子用骨瘦如柴的胳臂驱赶着从他那口黄牙间飞出的唾沫星子,同时向空中撒出一把铜币:"为了爱情。你们应该这样花钱。"他榜样般地伸长了青筋凸起的脖子,"严格地说,"他劝谕道,"我是一个媒人。"

"你看见一个诗人了吗?"我上前问道,"一个追赶铜币的诗人。"

"你是说诗人?他已不再追赶铜币,半道上,他随几个苦行僧追赶一匹发情的骡子去啦!"

我没想到诗人这么快就放弃了追求的目标,我几乎看见石板道旁草根的苦香,吸引着骡子和苦行僧和诗人一头扎进了十二月的竹林。

我出身贫寒,决无御风而行的韵致,更何况那枚引人注目的铜币此刻已经滚到了坡道的尽头。在那儿的一长排妖媚的柳树之下,地摊上的棋手们杀得正酣。铜币刚好弹至一位下棋的盲者眼前。那盲者恰好走了一着妙棋。得意地一伸腿,神助似的将铜币踢入道旁的阴沟里了。

诗人此去再也没有回来。显然,我只是他南方之行的一个微不足道的插曲。

夜晚已经不可避免地来临。我想,我是这月光下唯一的夜行者了。倘若我愿意,我还可以面对另一个奇迹:成为一只空洞的容器——一个杜撰而缺乏张力的故事刚好是它的标志。

尾　声

放筏的人们顺流而下。

傍水而坐的是翩翩少年是渔色的英雄。

请女人猜谜

……我们有的不过是被我们虚度的瞬间,在时间之内和时间之外的瞬间,不过是一次消失在一道阳光之中的心烦意乱……或是听得过于深切而一无所闻的音乐……

——T.S.艾略特

怀念她们

这篇小说所涉及的所有人物都还活着。仿佛是由于一种我所遏制不住的激情的驱使,我贸然地在这篇题为《请女人猜谜》的小说中使用了她们的真实姓名。我不知道她们会怎样看待我的这一做法。如果我的叙述不小心在哪儿伤害了她们,那么,我恳切地请求她们原谅我,正如她们曾经所做的那样。

这一次,我部分放弃了曾经在《米酒之乡》中使用的方式,我想通过一篇小说的写作使自己成为迷途知返的浪子,重新回到读者温暖的怀抱中去,与其他人分享二十世纪最后十年的美妙时光。

在家中读《嫉妒》

那年夏天。当然,我就不具体说是哪年夏天了。我在家里闲待了一个月,因为摔伤了手臂。白天,除了在几个房间里来回走动,再就是颠来倒去读罗布-格里耶的《嫉妒》,我无聊地支使自己仔细辨认书中的房间,按照小说的叙述,绘制一张包括露台、具有方位的平面图。我发现,按照罗布-格里耶的详尽描述,有一件物品是无论如何也放不到小说中所说的那个位置的。这极为重要。当然,不爱读《嫉妒》的读者例外。我问过十个人,其中一个是在街上冒险拦下的。十个人都不爱读。我想,我就不在这儿披露我的发现了。

尽管读《嫉妒》占去了我白天的大部分时间,在我的为炎热包围的感觉中,它仍是一件次要的事情。

一天傍晚,也就是男女老少纷纷洗澡,而又叫洗澡这事儿闹得心烦意乱的时候,我正坐在走廊里的席子上发愣。家里人全都看电影去了。我既没吃晚饭也没去打开电灯。这时,有人按响了门铃。

现在,我回忆当时所有的细节,总感到在哪儿有些疏漏。我首先感到门外是个我所不认识的人。我慢慢地走过去,打开了门。

果然是个女人。

她自我介绍说,她是因为读了我的小说来找我的麻烦的。她站在暗中,我看不清她的脸,我家对面的人家像是参与了这个阴谋似的,既不见灯光也听不见动静。

我对这类事一点好奇心也没有,我讨厌这些不明不白的人来跟我谈小说。但我内心慌乱,我想,是不是因为我没吃晚饭。

我问她都读过哪些小说,她说全部。我再问读过《眺望时间消逝》吗,她像是在思考我是不是在诈她,停顿了好一阵才说没有。我说那我们没什么可谈的了。其实我还没写这部书。

我不记得她是怎么走的,反正她说还要来,那语气就跟一个杀手没什么两样。她说先去把《眺望时间消逝》找来读一遍再说。

我回到席子上坐下,惊魂未定,寻思是否要连夜赶写一部《眺望时间消逝》。这时,门铃又响了。这回是看电影的人们回来了。他们大声喝问为什么不开灯,为什么不做饭,为什么……

有一件无关紧要的事在这儿说一下,我是半个月前从摩托车上摔下来的。当时我正绕着一个大花坛的水泥栅栏拐弯,冲着一辆横着过来的自行车做了一个避让动作,结局是飞身扑向地面,左肩先着地,就像有谁拉了我一把似的,一点也不疼,实际上是没有了知觉。许多人围上来看,指指点点,比画着什么,好像我没有摔死真是奇怪。他们不知道从车上失控飞出到接触地面虽然是一瞬间,但你能非常清晰地看到地面在你身下朝后飞速退去,最后一刹那,地面仿佛迎着你猛地站了起来。一个黑人作家描写过类似感受。

无可挽回。这是我能想到的比较诗意的词句。

我终于没写《眺望时间消逝》,好像是因为手臂疼得太厉害了。虽然骨头没伤着,但肌肉严重拉伤,我得定期去医院做电疗。

那天,我被护士安置到床上,接上电源。正寻思那个神秘的女人是怎么回事儿。那女护士转过身来,拉下大口罩,说,我读完了《眺望时间消逝》。

她注视着我的眼睛,"你要是感觉太烫,就告诉我。"

"不。"我看了床头的仪器一眼,什么玩意,一大堆电线从一只铝合金的匣子里通出来,刻度盘上的指针晃晃悠悠的。"不烫。"我重申了一遍。

她微笑了一下,在我身旁坐下,替我把手臂上的沙袋重新压了一下。

"你认为《眺望时间消逝》是你最好的小说吗?"

我一时没了词。这是怎么了,她是认错人了吧。

"你为什么一开始要提那条走廊,这样做不是太不严格了吗,这是一部涉及情感问题的小说,你要是先描写一朵花或者一湾湖水倒还情有可原,你的主人公呢,为什么写了四十页,他还没有起床。"

"你弄错了,"我想她明显是弄错了,"我的主人公一开始就坐着,他在思考问题,直到结束,他一直坐着。"

"可我为什么感到他是躺在床上呢?"

我在想一些小说的基本法则,好来跟她辩论。比如,第一个句子要简洁。从句不要太多。杜绝两个以上的前置词。频繁换行或者相反。用洗牌的方式编故事。在心绪恶劣的时候写有关爱情的对话。在一个句子里轮流形容一张脸和一个树桩……

进入河流

在写作《请女人猜谜》的同时,我在写另一部小说《眺望时间消逝》。这个名字来源于弗朗索瓦·萨冈的一部小说。那部小说叙述的是萨冈所擅长的那种犹犹豫豫的爱情。我提到这些,不是为了说明我在写这篇小说的时候是不够专心致志的,而是因为萨冈是后所喜爱的作家,尽管后坚持认为萨冈描写的爱情是不道德的。

你看,我已经使用了很多约定俗成的字眼了,但愿你能理解我的意思,而不仅仅是那些字眼。

如果睡眠不受打扰

我冒险叙述这个故事,有可能被看作是一种变态行为。其难点不在于它似乎是一件极为遥远的事情,而在于它仿佛与我瀚海般的内心宇宙的某一迷蒙而晦涩的幻觉相似,在我费力地回溯我的似水年华时,犹如某个法国女人说的,我似乎是在眺望时间消逝。

假如我坦率地承认我的盲目性,那么我要声明的是,我是这个故事的转述者。但我无力为可能出现的所有含混之处负责,因为这个故事的最初的陈述者或者说创造者是一个四处漂泊的扯谎者。

这个地方曾经有过许多名字,它们或美妙或丑恶,总之都令人难以忘怀,我不想为了我叙述的方便,再赐予它什么外部的东西了,我就叫它房间罢,因为我的故事的主人公叫士。他是一个被放逐者。

这个故事源自一些梦中的手势。

我想我一生中可能写成不多的几部小说,我力图使它们成为我的流逝的岁月的一部分。我想这不能算是一个过分的奢望。

我写作这篇小说的时候刚好是秋季。我的房间里空空荡荡的,除开我和那把椅子,再就是墙上画着的那扇窗户以及窗棂上的那抹夕阳了。

《眺望时间消逝》是我数年前写成的一部手稿,不幸的是它被我不小心遗失了,还有一种可能是它被我投入了遐想中的火炉,总之它消失不见了,我现在是在回忆这部小说。

我做的第一件事是在墙上画出一扇门。这件事非常紧急,因为外面已经有人准备敲门了。

这个人是一个流亡者,如果我的记忆没有发生错误的话,她来自森林腹地的一片沼泽。她就是与传说中的弑父者同名的那个女子,她叫后。

令我感到绝望的是,我不记得后此行的目的了,仿佛是为了寻找她的母亲,也可能是为了别的什么事情,比如,好让旅途之风吹散在她周身萦回不去的血腥之气。

我现在只能暂时将这一恼人的问题搁置不顾,或者假设她没有目的……

我已有很长一段时间足不出户,而旅行和寻找却依然是我的主题。我与自己温存地谈论这些,全不知它是一个古老的话题,已经被埋没了数千年了。

开始部分我就纠缠于一些细枝末节,孜孜不倦地回味后的往事,历数她美好的品德,刻画她光彩照人的性格,即使涉及她的隐私,也不忘表现其楚楚动人之处,似乎我对她了如指掌。

或许不是这样,我只是对她的遭遇表示了同情,将后的处境设计得悲惨而又天衣无缝,使人误以为那是一出悲剧,或者至少是一出悲剧的尾声。

可以肯定的仅有一点,那就是她已不是一位处女了。

接着,我描写了后所到之处的风景,似乎是为了探索环境的含义,我将秋天写得充满了温馨之感,每一片摇摇晃晃飘向地面的树叶都隐含着丰沛的情感,而季节本身则在此刻濒临枯竭。

但是,令人悲痛的是,在我的思绪即将接近我那部佚失的手稿时,我的内心突然地澄澈起来,在我的故事的上空光明朗照,后和她的经历的喻义烟消云散,而我置身于其中的房间也已透进了真正的晚霞。我的后已从臆想中逃逸,而我深爱着的仅仅是有关后的幻觉。

我的故事的另一位主人公士是一位好兴致的男人。他的年龄我无法估量,设若他没有一百岁,那么他至少可以活到一百岁,不幸的是他生活在另一个时代,他完完全全不接受他处的境遇,他按照记忆中的时间固执地前往记忆中的地点,并且总是扫兴地使自己置身于一群尖酸的嘲弄者中间,他曾经是一位惊天动地的人物,而现在仅仅是一个瞎子。

此刻,他正在路边与后谈话,劝告她不要虚度年华。

"好了,我说完了,现在你不要挡我的道。"士严厉地命令后给他让路,"我要赶着去会一位友人。"

后的神色非常高贵,她伸开双臂似乎要在暮色中拥抱士,"老人,请你告诉我……"

遗憾的是士不能满足后的要求。

士最初是一位医学院的学生,因为偷吃实验室里的蛇,而遭指控。于是,士放弃医学转向巫术。他在这个城市的街道上昼夜行走。

我先把士的结局告诉你。他最终成了一个真正意义上的残废。而后的结局是疯狂,一种近似迷醉的疯狂。她寓居在我的家中,随着时光的流逝渐渐地成了我的妻子。如今,我已确信,我是有预言能力的,只要我说出一切并且指明时间和地点,预兆就会应验。

祈 祷

很久以来,我总在怀疑我的记忆,我感到那些不期而至的诡异的幻觉不时地侵扰着它,有点类似印象主义画家笔下的肖像作品,轮廓线是模糊不清的,以此给人一种空气感。女护士的容貌在越来越浓的思绪的迷雾中消隐而去。时至今日,我甚至怀疑这一场景是我因叙述的方便而杜撰出来的。不然,它为什么总在一些关键处显得含混不清,总好像缺了点什么,而在另一方面又好像多了点什么,比如,一天似乎有二十五个小时。

我询问自己,我是否在期待艳遇,是否为梦中情人、心上人这一类语词搅昏了头,以为某些隐秘的事情真会随着一支秃笔在纸上画弄应运而生。

我以后还见过后,那是在我的一位朋友的家里。

这位朋友家独自占有一个荒寂的院子,住房大到令人难以置信。那是一个傍晚,来给我开门的正是后,她穿着一件类似睡袍的宽大衣裙。原先照在生了锈的铁门上的那一抹霞光正映在后的脑门上。

我跟她说,我没想到她也住在这儿。后说我这是一种比喻的说法,生活中很常见的。我没明白后的意思,跟在她的身后,向游廊尽头的一扇门走去。这可能是从前法国人盖的房子,在门楣上有一组水泥的花饰,巴洛克风格的。我正这么胡琢磨着,后在前面叫了一声。

她正仰着脑袋与楼上的一个妇人说话。那人好像跟她要什么东西,后告诉她在某个抽屉里,然后那人将脑袋从窗口缩了回去。

我预感到这院子里住着很多人,并且过的不是一种日常生活,而仿佛在上演一出戏剧的片断。

这出我权且将它称作《眺望时间消逝》的戏剧是这样开始。人们总是等到太阳落山的时候跑到院子里站一会儿,他们总是隔着窗子对话,他们的嗓音喑哑并且语焉不详,似乎在等待某种超自然的力量来战胜某种闲适的心态。他们在院子的阴影中穿梭往返是为了利用这一片刻时光搜寻自己的影子。因为他们认为灵魂是附在影子上。当然还有另外的说法。譬如,一个对自己的影子缺乏了解的人是孤独的。

院内人们的生活是缺乏秩序的,他们为内心冲动的驱使做出一些似是而非的举动。我想象后来给我开门即属此列。我推想院内的人们是不接纳外人的。因为他们生活在一种明澈的氛围之中。犹如陷入沉思的垂钓者,平静的水面无所不在而又视而不见。

这时候开始亲吻

在殖民地的夏季草坪上打英国板球的是写哀怨故事的体力充沛的乔治·奥威尔先生。一个星期之前的一个令人伤感的下午,他举着橄榄枝似的举着他的黑雨伞,从远处打量这片草坪时,他想到了亨利·詹姆斯的那部从洒满阳光的草坪写起的关于一位女士的冗长小说。他还想起了一个世纪之前的一次有关罗马的含义暧昧的诀别。"先生,您满意吗?"他在夏季这不紧不慢的雨中问自己。"不,我要在走过门厅时,将雨伞上的雨水大部分滴在地板上。"在乔治·奥威尔先生修长的身后,俯身蹲下的是仆役,是非常勤快的士。地板上的水很快就会被擦干净。生活是平淡而乏味的。这双靠得极近的浅蓝色的眼睛移向栅栏外的街道,晚上他将给妻子写信:亲爱的……

没有人了解士,正像人们不了解一部并不存在的有关士的书。城里人偶尔兴奋地谈起这个守床者,就像把信手翻至的某一页转达给别人,并不是基于他们对这一页的特殊理解,而是出于他们对片断的断章取义的便捷的热爱。他们对士的浮光掠影式的观察,给他们武断地评价士提供了肤浅的依据。士有一张深刻的脸,他会以一种深刻的方式弯腰捡球,他将高高兴兴地度过草坪边的一生,球僮的一生,高级仆役的一生,反正是深刻而值得的一生,不过是被践踏的一生。当他被写进书里就无可避免地成了抽象而乏味的令人生厌的一生。

乔治·奥威尔先生在英吉利海峡的一次颇为委婉的小小的风浪中一命归天,给心地善良的士的职业前程蒙上了不悦的阴影。

那是一个阴雨天,乔治·奥威尔先生的朋友们因场地潮湿只好坐在游廊里喝午茶,他们为被允许在主人回国期间任意使用他的球场和他的仆役心中充满了快意。他们的好兴致只是由于坏天气稍稍受了点儿败坏,他们用文雅的闲聊文雅地打发这个无聊透顶的下午。这种文明而颓废的气氛令在场的一条纯种苏格兰猎犬昏昏欲睡。感到惊讶的是在一旁听候使唤的士。他在伺候人的间隙不时将他老练的目光越过阴沉沉的草坪,投向栅栏之外的街道。他欣慰地睨视那些在雨中匆匆跑过的车夫,由衷地怜悯这些在露天奔波糊口的同胞。乔治·奥威尔先生和他的高雅的朋友们在雨天是不玩球的,即使场地有一点湿也不玩。士知道这是主人爱惜草坪而不是爱惜他。但他为如此幸运而得意。而幸运就是要最充分地体验幸福。这是乔治·奥威尔先生的无数格言之一。

士看见骑着脚踏车的信差将一封信投进花园门口的信箱,他顺着思路怜悯起这个信差来。他没去设想一个噩耗正被塞进了信箱,塞进了行将烟消云散的好运气。

当士为草坪主人的朋友端上下一道点心时,他领受了这一不啻是灾难的打击。士的反应是沉稳而符合规格地放下托盘。银制器皿和玻璃的碰撞声在他的心上轻轻地划下了一道痛苦的印记。

这个毕生热爱航海的英国佬就此从士的视野中消失了。据说,海葬倒是他生前诸多微小的愿望之一。

诗人以及忧郁

也不知是从什么时候开始,我热切地倾向于一种含糊其辞的叙述了。我在其中生活了很久的这个城市已使我越来越感到陌生。它的曲折回旋的街道具有冷酷而令人发怵的迷宫的风格。它的雨夜的情怀和晴日的景致纷纷拥入我乱梦般的睡思。在我的同时代人的匆忙的奔波中我已由一个嗜梦者演变成了梦中人。我的世俗的情感被我的叙述谨慎地予以拒绝,我无可挽回地被我的坦率的梦想所葬送。我感到在粉红色的尘埃中,世人忘却了阳光被遮蔽后那明亮的灰色天空,人们不但拒绝一个详梦者同时拒绝与梦有关的一切甚至梦这个孤单的汉字。

我读过一首诗。(这首诗的作者有可能是士)我还记得它的若干片断,诗中有这样的语句:成年的时候我在午睡/在梦中握紧双手/在灰色的背景前闭目静坐/等她来翻开眼睑/她忧郁的头发/夏季里的一天。

这首诗的结束部分是这样的:手臂之间/思想和树篱一起成熟/拥抱的两种方式/也在其中。

这个人有可能以某种方式离开我们。我们现在就是在他的房间里,准备悼念他,我们悼念所有离开了我们的人。我们将在适当的时候离开我们自己。

我们的故事和我们写作这个属于我们的故事的时间是一致的。

它和阅读的时间不一致,它不可能存在于无限的新的阅读经验之中。它触及我们的想象,它是一团逐渐死去的感觉,任何试图使它复活乃至永生的鬼话都是谎言。

下午或者傍晚

在士的一生中,这是最为风和日丽的一天。正是在这个如今已难以辨认的日子里,士成了医学院的一名见习解剖师。他依然十分清晰地记得从杂乱无章的寝室去冷漠而又布满异味的解剖室时的情景。当他经过一个巨大的围有水泥栅栏的花坛时,一道刺目的阳光令他晕眩了片刻。一位丰满而轻佻的女护士推着一具尸体笑盈盈地从他身旁经过。士忽然产生了在空中灿烂的阳光中自如飘移的感觉,然后,他淡淡一笑。他认识到自古以来,他就绕着这个花坛行走,他从记事起就在这儿读书。有多美呀,他冲着女护士的背影说了一句。从此,士爱上了所有推手推车的女性,倘若她们娇艳,他则倍加珍爱。

夏天和写作

整整一个夏天,我犹如陷入了梦魇之中。我放弃了我所喜爱的法国作家,把他们的作品塞进我那布满灰尘的书架。即使夜深人静,独处的恬适促人沉思时,我也一反常态不去阅读它们,仿佛生怕被那奇妙的叙述引入平凡的妄想,使我丧失在每一个安谧的下午体会到的具体而无从把握的现实感。

我的手臂已经开始康复,力量和操纵什么的欲望也在每一簇神经和肌肉间苏醒,我又恢复了我在房间里的烦躁不安的走动。我在等待女护士的来临。

那个令人焦虑也令人愉快的夏季,后每天下午都上我这儿来。她给我带来三七片也给我带来叫人晕眩的各类消息,诸如步枪走火,尸体被盗,水上芭蕾或者赌具展销。当然,我逐渐听懂了后的微言大义,她似乎要带给我一个世事纷乱的假象,以此把胆战心惊的我困在家中。

"你写吧,你把我说的一切全写下来。"后注视着我,嘱咐道。

我知道,有一类女性是仁慈的,她们和蔼地告诉我们斑驳的世相,以此来取悦她们自己那柔弱的心灵。而这种优雅的气质最令人心醉。

我爱她的胡说八道,爱她的唾沫星子乱飞,爱她整洁的衣着和上色的指甲,爱她的步履她的带铁掌的皮鞋,总之,后使我迷恋。

整个夏天我从头至尾都是后的病人,我对她言听计从,我在三伏天里铺开五百格的稿纸,挥汗抒写一部可能叫作《眺望时间消逝》的书,我把后写进我的小说,以我的想入非非的叙述整治这个折腾了我一个夏天的女护士。我想我因交通事故落入后的手中如同她落入我的小说均属天意,这就是我们感情的奇异的关系。

我从来不打听后的身世,我向来没这嗜好。这倒不是我有什么优异的品德,只是我的虚构的禀赋和杜撰的热情取代了它。我想这样后和世界才更合我的心意。

我和后相处的日子是短暂而又愉快的,我从不打算在这类事情上搞什么创新,我们同别人一样说说笑笑,吵吵闹闹。对我们来说那种老式的、规规矩矩的、不太老练的方式更符合后和我的口味。我学习五十年代的激情把白衬衫的袖子卷得高高的,后学习三十年代的电影神色匆忙地走路。我们的爱情使我们渐渐地离原先的我们越来越远。我们相对于从前的岁月来说,已经面目全非。这种禁闭式的写作使我不安到如一名跳神的巫师,而每天准时前来的后则神色可疑得像一个偷运军火的无赖。我们在炎热的日子里气喘吁吁的,像两只狗一样相依为命。我们谈起那些著名的热烈的罗曼史就惭愧得无地自容。我们即使耗尽我们的情感也无济于事。于是,我们的爱情索性在我们各自的体内蹲伏起来。我们用更多的时间来琢磨傍晚的台风和深夜的闪电,等待在窗前出现一名或者两名魔鬼,我们被如许对恐惧的期盼统摄着,让走廊里的窗户叫风雨捣弄了一夜也不敢去关上。

我在研究小说中后的归宿时伴着惊恐和忧虑入睡,而后一直坐着等待黑夜过去。

永垂不朽

"我永远是一个忧郁的孩子。"说这句话的人是守床者士。这会儿,他正徜徉在十二月的夹竹桃的疏朗的阴影里,正午的忧伤的阳光在他屏息凝神的遐思里投下无可奈何的一瞥。他的脸庞仿佛蒙着思绪的薄纱,犹如躺在迷惘的睡眠里的处子。他把自己悲伤地设想为在窗前阳光下写作的作家,纯洁地抒展歌喉吟唱过了时的谣曲的合唱队次高音部的中年演员,战争时期的精疲力竭的和平使者或者某棵孤单的行道树下的失恋的少男。

在士的转瞬即逝的想象里命运的惩罚像祈祷书里的豪雨一样噼啪地下个不停。"我要保持沉默。"他像一个弱智儿童一样对自己唠叨这句过分诗意的叮嘱已有些年头了。尽管士在一生中情欲完全升华到令人困惑的头颅之后,才稍稍领悟到并没有一部情爱法典可供阅读。他这惨淡的一生就像一个弱视者迟到进入了漆黑一团的爱欲的影院,银幕上的对白和肉体是那么耀眼,而他还不知道自己的位置在哪里。按时入场的痴男怨女们掩面而泣的唏嘘声就像是对士的嘲弄。

士是各类文学作品的热心读者,他把这看成是苍白人生的唯一慰藉。文学语言帮助他进入日常语言的皱褶之中,时间因之而展开,空间因此而变形。士感到于须臾之间进入了生命的电声控制室,不经意间打开了延时开关,他成了自己生命声音的影子。这个花哨的虚像对它的源泉形影不离,比沉溺在爱河里的缠绵的情侣更加难舍难分。

当非常潮湿的冬天来临的时候,后已经为自己在热切而宽敞的意念里收藏了好些心爱的玩意儿。列在首位的是一柄在锃亮的锋刃边缘文着裸女的小刻刀。这是后在一个星期六下午于一个吵吵嚷嚷的地摊上看好了的。在此之后,每逢星期六她都要去光顾一下小地摊,将这把小刻刀捧在手里,端详一番,用手指摩挲着锋刃一侧的裸女,心里美滋滋的。

同样使后心醉神迷的另一件玩物是一叠可以对折起来藏在裤袋里的三色画片,画上是几组精心绘制的小人儿,随着翻动画片可以得到几组乃至几十组遂人心愿而又各个不同的令人赏心悦目的画面来。这玩意是由一精瘦精瘦的老者所收藏的。这老人就是士。士的行踪飘忽不定,这给倾慕者后带来了不少麻烦,每当她被思念中的画中人搅得寝食不安时,她总得窜上大街在各个旮旯里搜寻三色画片的占有者。令后自己都感到惊异的是,尽管这些玩意儿全都使她倾心相恋,她的鬼迷心窍的行径也从未使她走上梁上君子的道路,她为自己的纯洁和坚贞由衷地自豪。就这样,她开始了自觉而孤独的人生旅程。

关闭的港口是冬季城市的一大景色,后则是这一奇观的忠实的观赏者。她混迹于闲散的人群之中,他们偶尔只交谈片言只语,意思含糊不清,几乎不构成思想的交流。这一群东张西望的男人女人,没有姓名,没有往事,彼此也没有联系。后在寒冷的码头上用想象之手触摸他们冷漠的面颊。他们三三两两地凑在一块,构成一个与社会疏离的个人幻景。忽然之间,他们中间某个人消失不见了,他们就像失去了一个游戏伙伴,顿时沉下脸来,仿佛他是破坏了规则而被除名的。后在他们中间生活了一阵子,他们用鸡毛蒜皮的小事来划分时代的方式令她胃疼。

询　问

所有生离死别的故事都开始于一次爱情。守床者士当时还是一个情窦初开的少年,这个黄皮肤的小家伙的怯生生的情态引发了一位寡妇的暮年之恋。

这位妇人,最初是在她的母亲不堪肺结核病的反复折磨引颈自刎之后,于一个冬日的黄昏,乘一艘吭哧吭哧直喘气的破货轮上这儿来的,那一年她刚满十七岁,却已经长就了一张妇人的脸,她的并不轻松的旅程使她的容貌平添一层憔悴。犹如牲口过秤一般没等安稳停当,便被一位中年谢顶的牙科医生娶了去,她不费吹灰之力使自己成了这个有着喜闻病人口臭的怪癖的庸医的女佣。正是在这时辰,在她痛不欲生而又无所作为的当口,作为迟暮之恋的过早的序幕上演了。

这个长着一双细长眼睛的美少年每周来上二次声乐课。他总是先轻轻地敲一阵门,然后,退到那一丛夹竹桃中间静静等候着。这一年春天,给士来开门的是这个日后注定要做寡妇的人。士刚刚叫叮叮当当的有轨电车震得有几丝紊乱的脑子清静下来,立即又让一双棕色的眼珠掠去了正常的判断。他们相爱了。当然,实际发生的爱情还要晚些时候才会出现。

士穿过带股子霉味的狭长走廊,来到牙科医生的卧室里。此刻新婚的牙科医生全然不顾户外的大好春光,紧闭窗帘,在靠床放置的那架琴键泛黄就跟病人的牙垢似的钢琴前正襟危坐。他要传授的是用呼吸控制发声。牙医强调了重点之后,便开始做生理解剖式的分析,他用一尘不染的纤长手指轻松地挑开士的小猪皮皮带。他开始告诉士横膈膜的位置,以及深度吸气以后内脏受压迫的位置。最后,牙医捎带指出了(同时也是强调指出了)生殖器的位置。他轻轻接触了一下,便收回手来。整个过程士始终屏住呼吸,所有歌唱呼吸的要素连同卡卢索、琪利的谆谆教诲全变成了一片喁喁情话,而那双棕色的眼睛则在卧床的另一侧无动于衷地更换内衣。

我的素材或者说原型是摇摆不定的,有一阵子他们似乎忧郁浪漫,适宜做玛格丽特·杜拉或者弗朗索瓦·萨冈笔下的男女,近来他们庸俗多了,身上沾染了少许岛民的褊狭和自命不凡,有点近似奥斯汀或者晚近的安格斯-威尔逊作品中尖酸刻薄的有闲阶层的子弟了。并且未来还有那么遥远、那么漫长的日子,说不准他们还乐意变成什么样子,晒黑了皮肤冒充印第安人抑或非洲土著也难说。

约而言之,我的典型人物是变化多端的,较之热衷于探索所谓小说形式的作者远胜一筹。

我不打算写一部伤感的回忆录,我知道人们讨厌这类假模假式的玩意儿。我们的大胆的暴露和剀切的忏悔早已使人倒了胃口,我们的微小的瑕疵和似是而非的痼疾已不再能唤起人们的恻隐之心。当人们把他们的同情心从一个优雅的躺在床上的变态者的迷人追述中移开时,他们已经宣告了自命不凡的时代的结束,人们谦恭而意味深长地相互告诫:不要自视太高,所谓痛苦是可以避免的。

人们早就认识到了所谓寓言的局限性,我们的疲软的世俗生活不需要此类拐弯抹角的享受,我们把人们惨淡经营的寓言奉还给过去了的岁月,有可能的话还保留给未来。在今日,人们是宁愿要一套崭新的架子鼓和一支烤烟型烟卷的。

当然,尽管尘世的迷雾不停地朝我袭来,使我难以辨认我笔下的人物,但我还是有决心将他们的来龙去脉查个水落石出,我几乎很快就想象出士的若干经历,他曾经居住在一座充满了恶棍和妓女的嘈杂不堪的小城里。他在广场路十七号的面具商店里干了多年,在那里虚掷了他的青春和他的寂寞。他每天晚上二十一点整骑自行车去面具商店,他们通常在半小时之后开始一天的营业。他们主要出售各种定制的面具。客户大都是有趣的人物,诸如,慈爱街纯洁天使什么的,全是一些正派人。

我已经日益衰老,一种对生活的冷漠和刻毒已经跑来损害我的叙述了,我小心地使自己避开那些沿街掷来的流言蜚语,努力使自己忘却人世间告密者的背叛行为以及爱情的创痛。但是,无论如何,我已经成了一个啰里啰嗦的老怪物了,一切事物,我要是不给予它价值判断,我就无法活下去,我完全放弃了幽默感,我所擅长的就是使性子,尽管我的祖上仅是一名乡间红白喜事上受人雇佣的吹鼓手,但一种莫名其妙的自高自大已使我丧失了自知之明。我感觉到士的经历与我是相似的,只是在对待后或者换一句话说在对待爱情这一小问题上所具有的态度有些不一样。

虽然,士和我同样的其貌不扬,并且具有一种鬼鬼祟祟的神情,但士却是一个铁石心肠的男人,他能够轻易地穿过各式各样的爱情的草丛。在两次爱情之间停下来喘气的当口,仍然显得身手矫健。他能够毫不费力地同时扮演忠诚的爱人和偷情者两种角色,与此同时,还可以兼任技巧高超的媒婆、真挚诚恳的喻世者、有正义感的凡夫俗子、阅世颇深的谋士以及心力交瘁的臆想者。他与后的奇遇就是明证。

相形之下,作为叙述者的我无疑逊色多了。我知道后的出现有悖情理,我与后在医院里的种种巧遇也有捏造的嫌疑,这都不是主要的拙劣之处,最为荒谬绝伦的是,我费了如此之大的劲,竟然不能使自己显得相对出色一些。

我与后讨论过这些,她带着下班以后的疲乏神情说:"你这是吃饱了撑的。"

远方的乌云已经朝我的头顶飞来,我写的小说和我自己都将经受一次洗涤,我不再坚信我确实写过《眺望时间消逝》这样一部小说。我毕竟不是一个瓦舍勾栏间的说话人,舍此营生我尚能苟活,我开始认识到虚构、杜撰是危险的勾当,它容易使人阴盛阳衰、精神萎靡。我不想使自己掉进变态疯狂的泥坑,因此,我决意再不与后谈什么流逝的时间或者空间。

与此同时,士迅速地开始衰老,他预感到自己病魔缠身,甚至连对纷乱的世事表达一下他的幸灾乐祸的气力都没有了,士对自己的无尽的才华和同样多的善行终将被埋没和忘却感到哀伤,他的痛苦的经历给他带来的伤害已经显得无足轻重,围绕着他的那帮酸溜溜的谗言者给他的哀痛更增添了依据。"我们要振作起来。"他们互相鼓励着,犹如在荣誉和功名前准备冲锋陷阵的乞丐和贫儿。

诚然,这一切都是对士的次要的瞭望,他的内心景观是作者无法揣测的,它是那么的黑暗,那么的深不可测,若我有幸能接近它,我想那一定是个奇观。

我这么写着写着,这个充满了猜忌和诋毁的夏天就快过去了,在烈日下疯狂鼓噪的知了,就要被秋日席间的愁思所取代。痛心疾首地追抚往事就要避难似的混入我的笔端,我终于认识到,写作一篇小说给人带来的毒害要远胜于阅读一篇小说。尘世间心灵最为堕落的不正是我等无病呻吟的幻想者吗？

是啊，我所描写的正是与魔鬼的一次交易。魔鬼所造访的正是这样一些无聊透顶的人。他们被魔鬼追赶着从一个小土坡下翻滚着逃下来，在平地上刚好赶上一场暴雨，他们水淋淋的模样令魔鬼忍俊不禁。于是，魔鬼伸出它那毛茸茸的长腿再一次绊倒了他们中间的一个，令他来了个嘴啃泥，谁知这一跤使他焕发了情欲，他毫不在乎地从泥地上爬起身来，神采奕奕地跟魔鬼拉了拉手，和它交换了一下有关崇山峻岭关山飞渡之类的看法，从此和魔鬼交了朋友。毫无疑问，这个人就是士。他还同魔鬼签了约，答应写作一本煽情的小说。

意外的会晤

我现在提到这架钢琴和那个弹钢琴的男人丝毫没有附庸风雅的意思，你就当我是不小心提到了它。

透过虚掩着的窗户可以看见整个花园，天空灰蒙蒙的，一场阵雨很快就要来临。房间里的光线越来越暗，从钢琴上发出的潮湿的旋律似乎是一个幽灵奏出的。

这时候，坐在阴影前琴凳上的士听到花园里的响动。那不是风吹拂的声音,而是一个女人的脚步声。士离开钢琴,走到写字桌前,从抽屉里取出一柄漂亮的小刀,走到窗前。

"你是在找这个吗?"士大声喝问道。

"是的。"后从花园里抬起脑袋。她听到有钢琴奏出的旋律从窗口飘散到花园里。

"好吧,那么你上楼来吧。"

后看来是个爽气的女子,她顺着七扭八拐的黑暗楼道小心翼翼地来到了士的房间。钢琴奏出的旋律已经停止,一位老人正对门站立着,他将后引进房间,让她在临风拂动的窗帘下坐好。

"你看,这场雨是无可避免的了。你还是想看这把刀吗?"

后点了点头。"我找了你很久,所有的人都认为你是一位智者。传说你在手术室里与一位死而复生的女人搏斗而扭伤了手臂,从此你就闭门不出。"

士打断她的话,"那你怎么会找到这儿来呢?"

"传说你在花园中午睡,并且在阴雨天出现。"

"好吧,你现在仔细端详这柄宝物吧。"

后从士手中接过小刀,紧紧地攥在手中。

"那么,请你告诉我,我的母亲现在在哪里?"

士惊讶于后那对美丽的眼睛中流露出的杀气。

"孩子,据我所知,你并没有母亲,犹如你并没有形体,你是一个幽灵。"

后轻声地笑了起来:"你是说我是不存在的喽,就是说是空气,是看不见的喽。"

士显得异常的镇定,他用一种劝慰的语调安稳后的情绪,因为他看见后正转动着手中的那柄小刀。"你手里的东西也是不存在的,你的念头也是不存在的。"

后不由得笑出声来,她从椅子上站了起来,用小刀在自己的手腕上迅速地划了一下。

"我让你看看我的血。"

房间里已很暗,外面开始下雨了。

故事的侧面

许多年以前,一个令人昏昏欲睡的下午,我在一本叫作《博物》的杂志里读到这样一则文字:意大利的卡略尔家族是一个有二百五十年历史的生产各种枪支的家族,卡略尔牌手枪最负盛名。它历来为西方许多枪械爱好者所收藏。关于卡略尔牌手枪,在阿尔卑斯山一带,二百年来,一直流传着一个令人惊叹不已的传说……

不过,我要说的显然不是这件事。我是一个土生土长的中国人,除了在《博物》杂志上看到过一张卡略尔牌一八二五年造的手枪的黑白照片,对卡略尔家族所知甚少。但这无关紧要,故事是关于那张照片的,从某种意义上说是关于那张照片的持有者的。不过,那真是一柄好枪。

这个有关卡略尔牌手枪的故事是阿根廷作家博尔赫斯的一篇小说的大胆的仿作,它的喻义在最乐观的意义上是和那篇著名的小说相重叠的。如果你凑巧读过那部作品,你准明白,我的故事不是一个圈套。当然,就作品的结构来说,任何小说都设有一个圈套,这篇有关一个忧郁的浪游者的故事也不例外。

补 白

在这里,我告诉你一些有关我个人的情况。

最早给我以巨大影响的书是一个法国人写的雪莱传记。它制约了我近三十年的生命。以后怎样不知道。

最初让我感到书是可以写得很复杂的,是列宁的一部著作,书名我忘了。

我最早的理想是成为一个画家,但因指导教师谴责我的素描,在初级阶段我就放弃了。我的视觉为许多绘画作品规定着,比如柯罗和达利。但我不了解颜料的性能。

我少年时代有点惧怕成年男人,觉得他们普遍猥琐,这跟我认识的一个有同性恋倾向的教师有关。

我喜欢古典音乐,我也喜欢流行音乐。喜欢而已。

我常在梦里遭人追杀,看来在劫难逃。

我在诗里写爱情,但这些诗全不是给情人的。我在小说里从来没写过爱情,我不知道这是怎么回事。

指引我的感受性的是拍电影的意大利人安东尼奥尼。他的作品告诉我,故事讲到一半是可以停下来的,并且可以就此岔开。人很少考虑过去,基本只顾现在,甚至不惜回到原地。做总结的时候除外,小说有可能不是总结。

我迷恋的一个诗人是:奥季塞夫斯·埃利蒂斯。我周围也有一些诗人,他们挖苦人也被人挖苦,这没关系。他们干活、念书、想事情。这样很好。

我见过各种类型的斗殴,钝器和锐利的刀,多为青少年。我痛恨暴力。

我知道是人都会做梦,幻想不需要谁来允诺。

殉　难

这片在阳光的照拂下依然显得枯败的夹竹桃是种植在医学院路尽头一座冷冷清清的旧公寓前面的小院子里的。与旧公寓朝西开的一溜小窗唇齿相依的是医学院的解剖实验室，令那些有死亡偏执的人们感兴趣的是，那些未来的外科医生执刀相向的竟然全是旧公寓里的住户。他们不是将弱小细软的腰肢挂在窗台上，就是将笨拙多褶的脖颈架在窗棂上，要不就是赤身裸体地悬在浴室窗帘的后面，至于最剧烈的举动则是像跨栏运动员一般穿着裤衩从卧室的窗口一跃而下……余下的苟延残喘者终日闭门不出，他们在窗户后面偷偷朝外张望，岁月就在楼外的院子里悄然流逝……

对士这样一个神情忧郁而又缺乏勇气的男子来说，那是所有夜晚中最使他胆战心惊的夜晚。士跟着其余的人在一个正在拆除准备重建的建筑里瞎转悠，那股子从断木和废砖里涌出的霉湿味几乎使人窒息，他们并不爱好这种气味，只是在这处巨大的怪影里等候，伺机扑到外面的街道上去，显示他们的勇敢或胆怯。

这一时刻对士来说是铭心刻骨的，他记得那时候他是那么年青,年青到对一切全都忘乎所以。他对自己置身于这一群相貌堂堂、冷酷无情的流氓中间深感满意。他们在一周之前选好街道,于一天之前使仅存的一盏路灯失去了光辉,此刻,他们为一股低能的热情蛊惑着,在一片黑暗中来回折腾着双脚,仿佛地面是一只烫脚的火轮。

最初的冲击是怎样开始的士已经记不清楚了。就在对方出现在街口的阴影中时,士突然感到小腿肚子抽筋了。他还没有来得及沉思这一状态的严酷性,斗殴就像战争一样爆发了,双方似乎是势均力敌的,他们在漆黑一团的街道上互相追逐,嘴里像牲口一样发出粗浊的喘气声。忽然有一个身材高大的汉子朝士迎面走来,他步履轻捷,如在水上,士没有做出任何反应,他似乎乐于接受命运赐给他的一切。那人抬腿朝士的下体猛踢一脚……

这是士所接受的第一次也是唯一的一次令他深恶痛绝的抚慰。

杂志放在长桌上

杂志放在长桌上,它的表面呈现出若干褐色的斑点。这本杂志已经被它的主人保存了很久了,纸张开始变脆,散发着一股子霉味。士沉默无语地将它摊开,小心地将它翻给后看。明信片、海滩、词典、城堡、手推车、熟睡的婴儿、冬季的景色、一位女护士的侧影,然后,在翻过一瓶红色葡萄酒之后,出现了那把卡略尔牌手枪。

"你看。"

"就是这把枪?"

"我第一次看到它大约是在十年之前。"

他俩用一种徐缓的、缺乏戏剧性的口吻对话。这一时刻是如此令人信赖。

天色开始昏暗,院子里的草地蒙上了一层黯淡的湿气。夜晚即将来临。夜风已经开始吹动地面上的纸屑和浮土。士开始回忆他所经历的时代点点滴滴的细节,他的朋友们身穿绸衫,手执描鸳绘凤的纸扇坐一站叮叮当当响的有轨电车去会一位娇小的情人,而她则刚被腰板硬朗的父亲抢白了一通,在嗓音嘶哑的呵斥声中踏上幽会的旅途。与此同时,时代的精英们正在草拟一则纯洁无瑕的理想的条款,他们决定以此郑重地拯救人们日常生活信念的衰微。

"这是我一生中最为珍爱的东西。"后以一种骄傲的口吻打断士的思绪。

士暗自思忖,我自己不也有那么几件可心的爱物吗?后端详着窗外的景物,深为自己的浪潮一般涌来的伤感而陶醉。

又是秋天了。多少年来,后总是要到每年的深秋才会在某一个下午或者傍晚,或者午夜的某一时刻突然感觉到几乎要过去了的秋天。尽管后一天天地老去,但她总是一年比一年更像一个孩子,一个成熟的老孩子。几乎是怀着热切的感情依恋着秋天的尾部。后曾经想过,即使不是过着这种表面平静的生活,而是如一个诗人,那种真正的诗人那样饱经沧桑,她也仍然会像现在这样沉迷于深秋的凉意和光线充足时那种转瞬即逝的温暖。

对后这样一个女人来说,倘若不是在深秋聚首或者别离,那秋天就仅只是秋天,它不会另具含义。她可以在其余的季节里拼命地做一切事情,要不就让自己卷入什么纠纷。而秋天则不行,后把她心灵和它的迷蒙的悸动留给了秋天。她不想占有它,恰恰相反,她想让秋天融化了她。后甚至愿意在秋天死去,在音乐般的秋天里如旋律般地消隐在微寒的宁静之中。这完全不是企望一种平凡的解脱,这只是后盼望献身的微语。

当士和后相互暗示着沉浸在冗长的臆想之域时,一阵晚风不经意地带走了那张相片。

窗外是沉沉夜幕,士为什么声音所震醒。那似乎是一柄小刀掉在院中草地上的响动。他看见后梦游般从椅子上站起,走到墙边,关上了那扇假想中的窗户。

从窗口眺望风景

我的写作不断受到女护士的打扰。这倒不是因为她的频繁来访,而是我上医院电疗室的次数越来越多。终于,我开始挽着女护士的手臂在医院的各个部门进进出出。

我对医院的兴趣随着我对女护士的兴趣与日俱增。我注意到药房的窗口与太平间的入口是类似的,而手术室的弹簧门则与餐厅的大门在倾向上是一致的。

这所古怪的医院的院子里还有一个钟楼,我们曾在那里度过一些沉闷的下午。

我不断地重复一些老掉牙的话题,如:岁月易逝,爱情常新。我们还讨论那部叫作《眺望时间消逝》的小说。我一直在怀念那个女主人公,只是我已经忘记了她的名字。女护士一再强调说,小说中的女人就叫后。有一次我差一点要对她说出我并没有写过此书,这只是一个骗局。但看到她真诚的目光,我终于忍住了。

我们携带着我们的友谊来往于医院和我的住所,那些平凡的日子如今也已消逝不见了。

我记得女护士的名字就叫后。我曾经答应她,将来的某一天,我将娶她。如果她还爱着我的话。

在乡下的一次谈话

我的生活圈子非常狭窄,至少比我的情感要来得狭窄,这一点我可以肯定。多少年我就是这么过来的。有一天,我认识了一个叫士的人,他说这可以通过阅读和编故事来弥补。我信了他的话。没过几日,他又跑来补充说,他那日只是随口说说,我不必当真。我又信了。可见我是极容易轻信的。终于有一天,士带着一个模样与他相仿的男人来找我,说是来帮我扩大视野。

准确的时间记不太清了,似乎觉得许多今天已经十分衰老的人正在利用那个时辰打瞌睡。

我并不认识他,我住的地方离开士的朋友的故居约有一夜火车的路程,但正是这段距离保证了有关这个男人的种种传言到达我这儿刚好开始有点走样。从这个意义上来看,男人的故事的真实性是不严格的,我想通过我的态度严肃的写作使这个人的故事显得相对严谨些。

读者最好破例重视这个故事的次要方面。比方说,不要因为死亡这个词而朝现世之外的某处做过多的联想。再比方,我写在一个下着蒙蒙细雨的下午。且不说发生了什么事情,其实并不存在这样一个下午。蒙蒙细雨只是一个词,它所试图揭示的仅仅是我曾经亲身经历过的众多雨天的派生物。而蒙蒙细雨这个词显然不是我第一次使用,一定是什么人教给我的,语文教师或者书本。否则我就成了个生造词汇的人了。准确地说,我对生造词汇没多大兴趣,我关注的同样是事物的较次要的方面。

乡下的生活是平淡的,远不是热衷于派对和沙龙的人所能忍受得了的。尽管你可以在郊区读书或者写点什么,但所有这一切都跟干农活差不多,并没有很多人在一旁助兴喝彩。你所做的一切要到来年才能见到收获。而那时,你的高兴尽管是由衷的,但依然是无人分享的。在这种环境中,人的回忆很可能在平静中带点儿忧郁,但不是那种令人无法自拔的忧郁,而是像夏天那样,带点水果的甜味的。次要的事情可能是太平凡了,它深陷在那些平凡的事情中,使我们惯常注目于<u>重要事情</u>的目光无力辨认它们。

我想起来了。我是在那年初秋,去造访老人的。

秋天。干净的空气中有什么声音传来,像谁念的浊辅音,给人一种迅捷而浊重的感觉,好似空气既在输送什么又在挽留什么。

"你想在这儿住多久?"

被问的小伙子支支吾吾了一阵。

"你想住多久都行。"

"我还没想好呢。"

这几句话我们在花园里重复了好几遍。他带我参观他的业余生活,他的日常的琐碎的同时也是主要的想象。

"你喜欢养花吗?你的头发好像比从前黄。"

下午。他领我到镇子上去转了转。

"这是记者。"他介绍说。

"噢,记者。"有人说。或者"你好"。或者"谁?记者"。发现这镇子上的人总好像在等待什么名人或者要人的光临。而不是像我这样神情恍惚的人。

我们不约而同地在一家药铺门前停下脚步。

"在家你都干些什么?"我是说念书以外。他看着夕阳下那一头金黄色的头发。

临睡前,我征得了他的同意,明天一早到十五里以外的火车站去看看。

那儿比较荒凉。

也许在车站上能遇到什么人或者什么事情。我躺在席子上,盖着被子。既凉快又暖和。我睡在夏季和秋季之间。我想。老人在屋外,在花园里,在秋夜里,在他的爱好中间,在他终将不再在的地方,高高兴兴。说不定也挺凄凉。

睡吧,睡吧。我招呼自己入睡。

"你需要一顶帽子。"出门的时候,老人在花园里对我说。这会儿,我手里就捏着这顶草帽,侧身在车站的一只旧木箱上。

月台上尽是一摊一摊的落叶。很少有人。

我将腿放直伸到阳光下,而身体躲在阴影里。风在我面前吹来吹去,我手中的帽子一扬一扬的。

好不容易来了一列火车。下车的是几个农民装束的人。他们从我面前走过,没有注意我。我朝天吹吹口哨,好像是一支很熟悉的曲子。就在这时,下雨了。

"火车来过了吗?"

我一回头,是一个扎辫子的小姑娘,提着一只很大很旧的皮箱。

"我认识你。"然后,小姑娘就不再说话,只是极耐心地等车。

渐渐地,又来了四五个候车的人,他们和小姑娘打招呼,又看一眼我,便都不再作声。

"你在城里做什么?"

小姑娘隔着老远,大声对我说话。

后来,上车之前,小姑娘走过来对我说,她家是开中药铺的。那天,她看见我和老人在说话。

"我回娘家去。"

这让我吃了一惊。这时候,天色已很晚了。火车慢慢地朝雨幕深处滑去。

我戴上草帽,慢慢往回走。在路过一个养马场的时候,我看了一会那些湿漉漉的马。我听听它们的鼻息。然后回家。

"今天死了一株菊花。白色的。你找到车站了吗?乡下没什么好玩的。"

我和老人对坐在灯下吃晚饭。饭后,我陪他下了一盘棋。他坐在椅子上就睡着了。

这一夜,我接连做了几个类似的梦。

"我已经是个老人了。我已不再试图通过写作发现什么了。"

他一再重复这句话,并且抬起他那布满忧郁的眼睛。他此生尽管颇多著述,但并不是一个有造诣的人。他的屋子整洁而朴素。显然,他并不想有意使它们——书籍和文稿——显得凌乱。

"我不想让你这样的年轻人来帮我写什么传记。"他无精打采地做了个手势。

"不是传记,你听错了,是谈话录,或者叫对话录。"

"你和我?"他迟疑地打量着我。

"我已是个老人了……"

我告诉他,这他已经对我说过了。

"是么? 那我没什么可说的了。"我已是个老人了,我已不再试图通过写作发现什么了。比如,结构、文法,或者内心的一些问题。我年轻的时候,曾经跟你一样。是的,这错不了。有一次采访,对我的一生产生了重大的影响。我不想说他是个伟人,因为我们还不习惯,或者说很难相信在我们周围的人中间居然有伟人。

他一生未曾婚娶。他甚至很有兴趣地跟我谈他的性生活。他是个老人,谈起这些事情还使用了脏字。这使人有种亲切感。那时候我还是个小伙子呢。

他总是和自己过不去,总使自己处在不悦之中。也许,这就是我们最终的愉快了。

他在谈论另一个人,他完全为自己的叙述所控制,沉浸在一种类似抚摸的静谧之中。

那些曾经穿过窗棂的风已在暮色中止息。

我曾经在一本书里读到过埃兹拉·庞德的诗句:让一个老人安息吧。我想,这大概是一个男人对自己所能做的最后的勉励了。

忆 秦 娥

故别虽一绪,事乃万族。

——江淹

我依然记得她的面容,但已不记得她的名字了。我那已经过世的祖母管她叫苏。那似乎是她的姓氏。这一老一少,就像一对密友。许多傍晚,她们在窗前半明半暗的光线中轻声交谈,一边摆弄着手中的织物——一顶兔灰色的小帽或是一条深红色的围巾。她几乎成了祖母最后岁月的玩伴。苏替祖母梳头,并且分吃一小块松脆的煎饼。她给祖母看她儿子的照片,一个夭折了的漂亮的非婚生男孩。她的气质中有一种香甜的东西,一经与优雅遇合在一起,便散发一种罕见的柔和动人之感。毫无疑问,苏是我心目中的偶像,由我在内心深处秘密塑造的完人。与如今我接触到的成人世界相去甚远。她是我母亲的朋友,因为某种当时我尚无力理解的原因,借住在我们家。她来时正是夏末秋初之际。虽然暑气尚未完全褪尽,但入夜已是凉风习习。我发着高烧(这是每年夏季结束时我的例行公事),两眼瞪着天花板。虚弱、无所事事而且心烦意乱。苏用一条湿毛巾蒙在我的额头上,以此取代了我枕边的画报和一些必须秘密翻阅的东西。乘祖母转身去厨房之际,她告诉我她看了我的读物。她顿住了话题,那意思是说她理解我的窘迫和不必要的羞愧。苏以意味深长的凝视(是的,凝视)结束了她的谈话。那是我初次领悟异性间谈话的美妙之处,那种种含蓄和节制无疑是一种享受,那温和的语调,由苏的唇间吐出的音节利索的汉语,带一点点江浙的妩媚音调,顷刻灌注我的全身。苏要是能够读到这些,一定会笑出声来。我将我的第一篇小说给她看时,她就以一个疑问句作为对我的忠告,想想看,离开了夸张,我们的感受可能无法说出。那篇幼稚的习作早已无处可寻,想必是作为垃圾被清扫掉了。但我确实受到了触动。我首次意识到我们写下的文字与我们的内心世界存在着怎样的鸿沟。这不是什么重大发现,但对一个少年却是影响深远。有一个时期,我时常梦见这条鸿沟,它的宽度类似一张双人床。这个隐喻怎么样?这是苏猛烈批评的方法之一。她知道我这是天性使然,或者说是积习难改。她对文学的趣味虽然有失偏颇,但总是引人入胜。她倾向于直接陈述,她认为坦率是一种能力而不是一种品质。当然,最终将被塑造成一种品质。这个词经过音调上的处理,几乎就是一种恶习。

我们之间有着许多共同感兴趣的事物,但是并不持久。随着我的体温恢复正常,我的阅读时间和能力都在下降。户外的一切都在呼唤着,阳光,风,植物的色泽,城市的喧闹,欢畅的感觉。当然,主要是我的几名怪里怪气的伙伴。我不知道,我就此错过了许多东西。冬季来临时,苏离开了。她临走时没有与我告别。苏给我留下了一个日记本,缎子封面的,如今已很少能在市场上见到。可能因为写过些什么,撕去了几页。她的赠言写在本子的最末一页,字体娟秀,仿佛是一部书的简短的附言:

年年柳色,灞陵伤别。

> 故别虽一绪,事乃万族。

我想,如今她已辨认不出我的模样。我的变化甚至超出了我对自己的估计。而她,岁月会给她添上衰老的痕迹,这是一种公平的做法。我们无一幸免。她的容貌、体形、姿态无论有什么变化,我都能欣然接受。我的这种客观态度正是由苏传授而来。她的举止、气息无时不在向你递送着应付日常生活的方法和尺度,她就像一个手法纯熟的玩牌者,将骗局摆弄得意趣盎然。

那是一个雨天,苏与另一名陌生男子一同来访,母亲和祖母在楼梯口迎候他们。那是我第一次见到苏,她穿着深灰色的尼龙雨衣,还带着雨伞,而那个男人头发湿漉漉的,仿佛只是与苏偶然相遇。他们在楼道里磨蹭了好一会,用以清除从外面带进来的雨水。这个形象,这个以两米见宽的楼道作为背景的妇人形象,我永难忘怀。窗外的雨幕,楼道内微弱的灯光,冒着潮气的楼梯扶手。她忽然抬起头,她看着我时目光是那么黯淡、涣散,仿佛出自一个病人,那里面没有多少哀伤的成分,至于怨气,更是毫无踪影。这不是人们相互结识时的那种目光,也许她从我的眼睛里看到了惊慌和迷惑,这种对视,完全的漠然,但却是记忆式的。如果我们年龄彼此接近,还会从中发现一丝回避的迹象。那是什么? 它由苏的经历和我的求知的渴望所组成? 如今,轮到我神情涣散而又漠然,目光中探求和梦幻的点点光斑早已消逝殆尽。苏说过,一旦记忆变成了一种饲料,你就离牲畜不远了。

祖母房间的门轻轻地关上,几乎是同时,传来那个男人的啜泣声。他并不诉说,只是一味地哭泣。那一瞬间,我感到是如此的孤寂无助。那个男人仿佛是为了他的一团糟的生活而哭泣,而我坐在楼梯上倾听着这凄恻的声音,我原本以为苏的声音会很快地加入进来,凭她的眼神,我有这种预感。但是过了很久,只是在那个男人不再抽泣时,苏才开始说话。她的嗓音很低,带着一种抚慰人心的沙沙声,她在请求原谅,缓慢地请求。什么事情,我无从知晓。我摆弄着有待充气的篮球,最后让它顺着楼梯滚了下去。

我正处在一个十分奇特的时期,从内心到外貌都发生了急剧的变化,那种灰暗绝望的情绪类似晚年的尤奈斯库。对文学和周围的一切都丧失了信仰,曾经令我无限愉悦的语词已经变得死气沉沉。我开始更多地意识到年龄和疾病以及一些生活的琐事,季节的更替(我越过了嬗变这个词)和天气的变化已经不再具有丝毫诗意。(我对自己说,不要再到文句中去寻找节奏和音响。韵律,噢,让它去吧。)固执、暴躁、内心矛盾已经成了我的日常状态。而生活不正是一种状态吗?我毫不迟疑地说,一个巨大的梦幻的时代已经结束了,精神中的某些东西已经死灭,我将进入一个物质的真空,它为一系列繁华的幻象所组成,各种器械——军械和手术器械,极度的尖端、造价高昂、冰冷、精致并且无菌。谁都知道它们连接着什么。诸如此类。且慢,不要用这类东西去惊扰别人,因为,用尤奈斯库的话说:我陷入了不可表达之中。坦白地说,在苏的故事再次困扰我之前,我在写一篇文学方面的研究文章(我力图将工作进行到底),题目是《蝉与翼》,试图平行研究亨利·詹姆斯的小说《阿斯彭文稿》和索尔·贝娄的《贡萨加诗稿》。后者被认为是前者的仿作。一位大师对另一位大师的模仿?!我准备的材料中有这样一句话:庸人模仿,天才抄袭。语出 T. S. 艾略特。另一组作品是衣修伍德的柏林故事之一《萨莉·鲍尔斯》和卡波蒂的《在蒂法尼进早餐》,同时,两位影响稍逊的天才又必须分担至少是相互抄袭的臭名。我企图从中发现点什么。可笑的是,像是一种幻觉或者说症状,我也一直试图以寻找遗失的珍贵手稿为线索或者以一个动荡年代为背景,以一个一文不名的年轻作家与一名年轻女房客的际遇为题写一部小说,或者两部都写。

时光无情地流逝,我的研究进展缓慢。我焦虑地每天下楼四五次,看看信箱,到附近的小店铺里转转,似乎在日光灯照耀下的郊区商店里有什么灵丹妙药在等待着我。这种心情,倒跟克拉伦斯出现在马德里火车站时有几分相似,"充满了郁闷的活力和无所适从的聪慧。"我无法开始和结束每一天的工作,一切都显得紊乱不堪,仿佛在贝娄井然有序的叙述背后,隐含着某种令人意乱神迷的混乱。他在首页意味深长地写道:这辆汽车远在克拉伦斯出世之前就奔驰在马德里的大道上了。这个陈述可以被视作是次中心的呼语,它仿佛是无意地将克拉伦斯的马德里之行与一种潜在的不容僭越的古老事物联系了起来。隔开十页左右,他又假托诗人之笔写道:一首诗的生命可能比它的主题要长。又隔开十页,他让克拉伦斯模模糊糊地想到:一个活生生的女人大概比一个死去的诗人更有寻求的价值吧。但愿我所勾画的这种关系是一种谬误。

曼努埃尔·贡萨加,西班牙文学史上的隐形天才(克拉伦斯正是为他而来!),他的谈论钙质和欧姆的诗篇,或者如他的《忏悔》,克拉伦斯喟叹道:哎,我们是怎样为了获得一切而失去一切的。(那个感叹词是我加的,多余而无用。类似于一切赞叹。)

这些人物才智卓然,对悲剧性的生活赠以优渥的情怀。我所指的人中间当然包括苏。对文学,她似乎天然地具有良好的素养。这种人你在哪里都不会在人群中错失她。她并不显示,但总是完全呈现出来。犹如水中的一道波纹。她的遭遇也正隐含在这样一个形容之中。

对我来说,她的出现显得有点突兀,有一点不期而至的味道。她的形象,正是我关心的中心所在,与她的身世、品位是一体的。这种感觉是照片无法复制的,它宛如介质,光线可以穿透,但是不会留下丝毫痕迹。她在亮光中一闪而过,这一印象经由许多时日所组成,并不归属于某一个特定的日子和时刻。在我的记忆中,苏由众多的形象连缀而成。矜持、太多的矜持,将一个狂野的心灵恰当地收进了一个躯壳。没有丝毫的隐瞒,一种信赖感叠加在矜持的外表之上。她只是为所欲为。她是个衣着入时的女人,与周围的环境从无格格不入之感,但也绝不耀眼夺目。仔细想来,衣物的面料较之款式稍稍远离了时尚。但那是一个什么样的年代,她已将恰如其分视作是一种享受而非责任。她一再重复说过:我们又怎能将白天和夜晚混为一谈。这话简单至极,这就是她所要说的。

我不想令人产生一种错觉,仿佛我是在谈论一个活人。但是死亡也无损于她,在我的心目中,这件事与她无涉。对于一个消息,一个未曾亲眼目睹的实况,我是极为消极的,我不否认,但是我已经使之浪漫化了。仿佛她突然陷入了睡眠,遥遥无期而且永不返回,困乏使她不再苏醒,犹如无法解冻的冬眠,使蛇(作为意象)

在无知中窒息。

苏的祖籍是山东馆陶(今河北馆陶),而她的出生地却是接近内蒙古的商都,她在那片贫瘠之地长到七岁,便由她做商贩的叔叔带到了南方。我据此推断她说话时若隐若现的江浙口音的来源。这是我所迷恋的,远远超过了对她的早期经历的关注。人们可以从家庭的迁徙活动中获知某种信息,借以勾画出具体而微抑或硕大无朋的时代氛围,但我往往对此视而不见。一处地名,一条在地图册中被微缩了的界线,山脉的颜色,河流的位置,有时与日月星辰分属于不同的宇宙。我想我们正在一个边缘地带,就像苏惯有的神色,开朗,清晰,同时也有晦涩的痕迹。

我无法向过去的日子回复,甚至倾心接近的意向也被自己认作是虚妄,而那些已不复存在的场景始终驱动着我,唤起我的追忆,使那些腼腆的,在内心深处无比荣耀的岁月萦回缭绕。这是一种饮酒微醉的感觉,它源自祖母的卧房,为一丝恐惧所诱导,在清洁的散发着淡淡的肥皂香味的床单之上,一股醇厚、辛辣的香气扑面而来。在这样的傍晚,房间里的光线令人沉醉,四下里充满了反光,窗户、镜子甚至已经有些褪色的墙面。苏持酒杯的样子有点自傲,她与祖母长时间地谈话,对饮,直到房间进入完全的昏暗,苏的侧影才移向台灯。

为什么总是这个形象？这样一幅画面意味着什么？苏和祖母。她们确实能够互相宽慰,她们在一起时的那种融洽的情景足以证明这一点。这种在回忆中摸索的方式似乎是为了掩盖苏的生活中的邪恶的一面,她的甚至在祖母看来也是荒淫的一面。但是祖母讨厌我使用娼妓这样的字眼。这不一样。她是这么说的。你应该设法理解她,而不是伤害她。我无法理解,我还不够老,老迈昏聩那时尚不适用于我。我还有许多心灵的疾患需要发作、诊治,我会逐渐沾染上一些恶习,这些事情都还在前方等着我。即使是处在青春萌动时期,我也隐约感到,理解是十分昂贵的,那是一个很少有人出得起的价。

我把我写的第一篇小说给她看,为的是引起她的注意。我的想法非常简单。我毫不掩饰地描写我的幻想,花园,古老而巨大的宅院,国籍不明的场所和依稀可辨的人物。我描绘了景色(如今我已再也看不到那样的景色),人们在黎明和深夜的莫名其妙的举动。还有,一星半点的性的憧憬,曲折,隐晦,不像是真正的健康的性。披着哲学的外衣,向往着语义上的成就,然而却是冰冷苍白的梦呓。其实,我的内心是一片荒漠,与今天没有什么两样。苏是足以洞察这一切的,她一边在厨房里来回忙碌,一边发表感想。我倚在厨房门口,看着苏和从蒸笼里冒出的腾腾热气,等待着我最钟爱的肉馅包子。"小作家,"她和蔼地说,"你不会成功的,你那么年青,就如此混乱。"苏指指自己的脑袋,在太阳穴上留下一小团面粉。"文学会为你的方法做证,而生活不会。"她又指了指自己的脑袋,将小面团带了下来。"你应该读黑格尔的《小逻辑》,清理你的思路。"我父亲的藏书中有这本书,但是不在我为自己开列的书目之中。苏觉察到了我的失望,她走近我,神情专注,语调恳切地说:"你想听听我的故事吗?"我当然想。于是我说可以。"你要仔细分辨其中虚构的部分。"她说。"为什么?"我问,"为什么要虚构?"

"为了让你分辨。"

这是苏为我上的第一堂文学写作课。

注意!当我引述别人的故事时,小说已经进入了一种双重虚构。她说得很干脆,仿佛她是在说,这是一件双面雨衣,如果再加以解释说,两面都可以穿,实属多余。

苏所讲述的故事,主要围绕着她儿子的父亲。一个南方人,祖先是福建的渔民。高大英俊,走起路来微微有点跛行。做事总是非常仓促,面带笑容时总是显得非常疲倦,他在一艘内河航运船上做厨子。苏初次遇见他时,他刚刚离婚,正憋着一肚子的火。他俩都在苏的一个教师朋友家里喝酒,他们没怎么交谈,苏就跟着他离开了。"那么轻易。"苏说,"连我自己都感到奇怪。要知道,我对他产生了一种感觉,我想要跟他生一个孩子,这是我从来没有过的感受。当然,那是后来的事。"

"那么,结局呢?"这是她叙述的必然结果,也正是我能够提出的唯一问题。

她笑了起来,"怎么会有什么结局?这种事情到死都没有完结。"

"为什么?"

她依然在笑。这可不是读故事时所持的态度。

"应该怎样?"我一路问下去。

"谁?"我的祖母在背后问。她的出现中止了苏和我的谈话。她的目光仁慈而又严厉,仿佛我不该探询她俩之间的秘密似的。

我的祖母。她是那么老,那么慈祥,并且就她那个年龄来说,显得过分活跃。这不是靠素食和甩手操所能维持的。它源自天性,源自本能。有时候,我们也将这种现象称之为青春永驻。噢,我不想编织什么神话,为了显得自己仿佛有些来由,便伪造说她是个一肚子民间传说和童话故事的老奶奶。根本不是这么一回事。

我的童年根本就没有火炉、风灯、毯子、小板凳一类的东西。如果说我多少听到过几则人鬼参半的故事，那也基本是偷听来的。也就是各种场合的道听途说。我的祖母，确实足够老的，也足够仁慈，但她不会讲故事，她要是唠叨起来那就没个完，一件事要说上十遍或者在十件事之间颠来倒去地纠缠不休。只要她开口，我便唯恐避之不及。在记忆中，祖母并不是一个故事员，更多的是在发布道德训诫，因为她的年龄和在家庭内部的至尊地位，虽然言语亲切，但总有一种高高在上的架势。她一个人守寡多年，我想不该再对她老人家吹毛求疵。

但是，她确实成了我与苏之间的羁绊，她们同居一室，形影相随，亲密到了鬼鬼祟祟的地步。我无疑是受到了冷遇，但不是来自苏，而是来自无形的局面。祖母的房间成了我们家庭的涉外机构，这种感觉令我顿生遗憾。

我记得那个男人。那个每次来就躲进祖母的房间哭泣的男人。不是那个厨子。苏的儿子的父亲我从未见过。那时候我有点惧怕高大英俊的男人，他们要是笑起来，往往令我感到迷惑。而这一个不同，即使从一个儿童的角度来看，他也显得过于瘦弱。眉清目秀，像个书生。他也确实是个书生，研究二进制的《周易》和如今被认为具有可操作性的《论语》。他埋首于故纸堆中,总有几缕头发向上竖着,一旦脱离蒙满灰尘的典籍他便开始哭泣。以泪洗面是他的世俗形象。那时我尚不明白,这个弱不禁风的男人是为性爱而哭。苏说,这种事情是无以倾述的,尤其在一个男人。他顽固地信奉自己的泪腺,苏说他是为哭而哭。我从他们的片言只语中获取印象,试图分辨其中的微妙之处。今天我知道,这只是徒劳。苏并不是一名悍妇,而男人总是为那些柔情似水的女子而伤怀落泪。我从未和这位古籍研究者交谈过,他总是来去匆匆。当然,我并不是说他总在哭泣。作为例外,一天深夜,通常在这种时候他已经告辞。我从床上起身,光着脚走出房门(是听从某种呼唤还是无所事事?)。祖母卧房的门虚掩着,这个为爱折磨得死去活来的男人,双膝及地,热泪盈眶。在苏敞露的胸前寻觅着、吞食着。苏低头抚弄着他的头发,我看不见她的目光。显然,祖母并不在房内。在这样的夜晚,在如此痛苦的时刻,人们本应各居其所,她们应该安眠于床榻,沉浸在睡梦之中。可以想见,那时我对于夜晚的了解是多么肤浅,以至于误以为自己是这个世界的一部分,一个有机的部分。我看到,在我的房间之外,我与世界的联系是多么脆弱。我再次变成孤零零的一个人。

仿佛是一个节日离我而去,它永不再来。虽然我可以期待来年,但那已是另一片景象,另一个故事。我似乎是涉足了一个过于喧闹的聚会,铭记着杯盘狼藉的场面,而对隐身其后的来龙去脉并不自知,事物本来是一个悬念,而现在却变成了结局。苏和我,成了两个遗世而立的身影,我们之间微弱联系的含义已被改变。我希望她从镜中看见了我,因为某些东西我们应当彼此获知。苏应该知道,我在观察、揣摩、测度,我在窥视她的生活,但是我一无所见。苏仿佛是彻底袒露的,她的行为举止表明她并不遮遮掩掩,而对此我正是盲目的。

这座城市,这片环境,我在其中居住多年,随着我的家庭四处搬迁,历经种种变故。我的外祖父、祖父、祖母都在其间相继辞世,悲伤来而复去,居室被改变、家产被变卖、书籍散失、家传的诸多信物也已不知踪影。生活时而沉寂时而喧哗,各种人物来来往往,在人生这个短暂而简易的舞台上,来回折腾,最终仆倒在地。有些人临终还面带着所谓功成名就的微笑,真是令人敬佩。

我总是这样设想,那几经改建的江堤,已经悄悄修改了城市的外观。那一片被称作外滩的地方,紧挨着浑浊的江水,涛声,满是锈迹的渡轮。那是苏领我去散步的地方。众多的阴云密布的时日,稀少的游人(那时候真是足够稀少的)。人们的脸上尚有悠闲的神色,会在街上停下脚步,因为某种原因,驻足眺望。这样一个上海已不复存在了。当然,它也许从未真正存在过。因为苏,因为时光飞逝,这一切都显得太像一段秘密的历史,越来越快地往深处塌陷,总有一天它会归于寂灭,因为她最初呈现的形象就是易逝的,她的美和毁灭在那时就已经注定。

那是最最不敬的一夜。我不想指出它的准确年代。那样做,又有何益?晚饭过后,我正在床上提前写我的当晚日记,母亲同校的一名教师正在钢琴上弹奏德彪西的《阿拉伯风》。算了,我还是不要谈论音乐,那些乐谱在我看来就像挂满微型炸弹的铁丝网,总是令我望而却步。苏忽然走进母亲的房间。"她过去了。"她说。对此,母亲并不是毫无防备,但看到祖母苍白的面容时,她还是晕了过去。

如今,那个夜晚已经为我所简化。因为,祖母安享天年只是为事件提供了场景。

中国人惯常所须做的一切是免不了的。祖母的卧房很快被布置起来,刚才还在钢琴前抓来挠去的女教师,此时一副有条不紊的模样,仿佛是早就预备好了来操办丧事的。她替母亲打电话找来一些干瘦的男人,他们大都上了年纪,穿着素色的对襟褂子,手脚麻利地将帐幔、烛台、寿衣、棺木一一安放停当。随着医生、亲戚、邻居的人流,我看到一名架着眼镜的年轻男子出现在楼梯口。他戴着一顶鸭舌呢帽,披着一小段深色的围巾,两颊刮得干干净净。苏刚好端着青瓷果盘从母亲房里出来。见了他,便停了下来。她见我在过道的尽头注视他们,稍稍犹豫了一下,便招手让他跟自己进了祖母的卧房。

母亲说那个年轻人是来给祖母照相的。他在马勒住宅附近开有一家私人照相馆,曾经在报馆做过事。最后,他是苏的情人。母亲说,他们相好。

犹在梦中。嘈杂的人群散去了,那女教师也已帮着熄灭各处的电灯,披上披巾下楼回家去了。母亲躺在床边守候父亲的电话。一切都已就绪,我似乎是在等待什么东西降临。

年轻的照相师半蹲在祖母的棺木旁收拾他的提箱,而苏正在给祖母擦拭身体。她的动作细致、缓慢。她抿紧着嘴唇,神色中毫无倦意。

我的记忆是不会在此处终结的。我至今仍然认为那是一次亵渎,苏辜负了祖母对她的庇护。不知道她老人家的在天之灵会作何感想。我听见哭泣声,这声音将我从睡梦中惊醒。我循着声音来到了祖母卧房的门前,房门敞开着,透过层层白色的帐幔,在昏黄的烛光照射下,我目睹了我生活中最耻辱的一幕。苏和她的照相师互相爱抚着,吮吸着,她扑倒在祖母的棺木上,毫不掩饰地哭泣着,照相师忘情地扑身在上,仿佛是她的斗篷。这时,电话铃声响了起来,我想是我父亲打来的。这铃声响了好一阵,而苏和她的情人浑然不觉。苏只是一味地哭泣,这声音在不知底细的母亲听来大概非常入耳。我跑向母亲的房间。她刚刚醒来,看上去疲惫不堪。她刚刚拿起电话,却已是热泪盈眶。

我无意回避我的震惊,它混合着苏的恣意放纵所引发的冲击,它是阴郁的,潜在地包含着欣喜和受挫感。她的姿容暴露得让人无法回避。我很难完整地刻画她的形象,当我直接面对她时,我无疑遗漏了许多。就我个人而言,苏是珍贵的,我所钦慕的正是某种被称之为官能的东西,这是一个少年很难抗拒的,它确实是洪水猛兽。问题是我并没有被吞噬,就像你避过了一场阵雨,如果是在热带,那又算得了什么呢?对苏而言,这一切并不仅仅意味着寻欢作乐。我试着为我的这一想法寻找依据。当然,我是徒劳的,至今我仍是一片茫然。

苏在沙逊大厦北面的一家饭店里设宴答谢我们全家。赴宴的只有母亲和我。一周前刚刚安葬了祖母。苏说她已经订妥了船票,准备离开此地。母亲执意挽留,苏只是一味地谢拒。下午两点光景,饭店里没有多少客人,这倒更像是一次茶点约会,而非宴请。上了许多菜,而母亲和苏只是说话,或者沉默不语,看着盘子里的浮油慢慢凝结。窗外的街道直通外滩,不时传来阵阵汽笛声。我既不看母亲,同时避免苏的目光,就这样一匙一匙喝着碗里的汤。一个无所思虑的下午,脑子里一片空白。仆欧结账时,苏忽然从包中取出纸烟,她示意母亲,母亲笑笑摆了摆手,苏便自顾点上慢慢吸了一口。饭后,苏提议去外滩走走,母亲推说头疼便先回去了。苏领着我朝江堤走去。我想,此时她可能十分怀念她儿子的父亲。我暗自思忖不知有朝一日是否会做一名厨子。但那种妻离子散的生活我是断然不能忍受的。

"你要去哪里?"

苏抬起手臂指着江面划了一圈。"谁知道呢。"她笑道。

"如果有一天我写了书,应该给你往哪儿寄?"我幻想着有这么一天。

"不必了。"苏说。她看出我伤心至极,便不再说话。少顷,她宽慰我道:"如果这本书对你十分重要。那你自己应该好好保存。

别在乎谁会读它。实际上谁会在乎呢?"

一个人应当仔细阅读自己。这方面是苏给了我启示,从肉体到心灵,我是否已经无所畏惧地试过了? 但这也是不会有答案的。但我不会躲入一个书本的世界(也许它是我的必由之路),虽然我看到它向我展开,充满了魅惑,吁请,令人无法无动于衷。但我仍然要尝试着逃避。苏紧紧地握着我的手,这正是我所需要的,此时此刻,我别无所求。

可以想见,那个时候,对苏的迷恋遮蔽了一切。祖母的故世被一场情欲之火减低了它应有的哀痛。对死亡,我知之甚少,或者说我误以为那也是一种迷狂。即便是今天,仅仅是谈论它,都会令我觉得自己矫揉造作。除非我不是在谈论自己,而他者的死亡,多少有点形而上学的味道。如若不是感情泛滥的话。

她原本应该很快离去的。但散步回家后苏就病倒了,整夜高烧,上吐下泻的。夜里,母亲替她换了两次床单,椅子和地板上,到处都是呕吐物。第二天清晨,苏已是不省人事。母亲将我反锁在房间里,以免受到惊吓。自从苏出现在我们家,我已是惊恐万状,但我还是感激母亲顾及这一点。我自觉地待在房间里,将床单蒙在头上,自言自语,借以解脱变相囚禁带来的焦虑。隔着房门,楼梯上下满是脚步声。祖母撒手人寰的那个夜晚似乎再度重演。不一会儿,传来苏的呻吟,间或是其他什么人的高声争执。我猜想,大概是一些江湖郎中,因为有人扬言要给苏放血。对于医学,我几乎算是个白痴,我不明白人们到底在议论些什么。我暗自祈祷,用我最为温柔的感情,让苏免受皮肉之苦,因为我已经听见手术器械的碰撞声。事实上,我已进入梦乡,对身边发生的一切并不知情。我疲倦已极,根本无暇顾及旁人的喜怒哀乐。

我的父亲从汉口归来,带着简单的行李。入门之时,一副旅人的风尘相。母亲就此躺倒,直至父亲再度离家,其间她一直病着。我从来不知父亲在外经营什么,他的生活,我是说那种最微观的部分,我无从知晓。在家人眼中父亲是个勤勉、诚恳而又惯于孤身闯荡的人。就我个人的观点,他似乎是有点惧怕婚姻。当然,我们父子之间极少交流,通常是他进门之后,我们互致问候,接下来便没了话题。他的沉默寡言,目光中固执任性的成分丝毫不见改变。我深信,随着时间的推移,我们彼此间相互了解的愿望日趋淡漠,他变得越来越陌生,像个异乡人一样操着难懂的方言,他说些什么,我真是永远也弄不明白。他与母亲原来颇像一双兄妹,外形举止,互为映照。逐渐地,父亲成了另外一个人,他的神态中有了一种房客的感觉。回家使他手足无措,找不到东西,经常让椅子绊着,站在窗前发呆或是莫名其妙地叹气。他对母亲彬彬有礼,言辞适度,仿佛是一名慈善机构的代表。他跟苏倒还融洽,并不因为母亲的安排有何不悦。他多少还有点孝心,听着苏回忆祖母弥留之际的种种事迹,常常黯然神伤。过了不足十日,父亲就回汉口去了。此后依然间或往返两地,仿佛出自习惯一直延续着,不似那种从此杳无音讯的伤感故事。这是在苏的影响之外,我接触到的最为意味深长的故事。虽说它出自我的家庭,由于我父亲的游子形象,我仍将它视作是一个启示。婚姻是一个片断,闪闪烁烁,迎合我们的内在需要,如果其长度恰好等同于我们的生命,通常令人无言以对。

那段日子,我每日往返于两个女人的病榻之间,沉溺于一大堆琐事。在煮水的茶壶前沉思,分派药丸,上药房和烟纸店,途中就近拜访我的伙伴,但他们一律用异样的眼光看我,仿佛我是什么不祥之物。母亲和苏全都虚弱不堪,一半因为药物的因素,她们不断睡去又不断醒来。我似乎是为了证明她们依然活着而徘徊于屋顶之下。我想,那就是一个幽灵的形象。有时,母亲和苏会将手轻轻地伸给我,它们是如此相似,柔弱、苍白、掌心潮湿。她们何以会聚在一起,像两个迟暮之年的妇人,头发在枕巾轻轻散开,稀疏得令人害怕。她们会提出一些近似的问题让我作答,像是为了缓解我的恐慌。她们使我与窗外的那个世界疏远,她们自己成了我与世界的唯一中介。但那却是我一生中最最充实的时光,它具有某种标志作用,使我具备辨认疯子的能力,我毫不怀疑那些装疯卖傻的角色不易逃过我的视线。我开始如此识别人事,并据此分类,仿佛街上的行人有一半出自疯人院的大门。我知道,这一念头是疯狂的,但与我当时在屋内逡巡的状态吻合。我想停下来,或者说按照小说的法则进入转折,向着一片开阔地带,也许是更为狭窄的幽暗之路。这个通道是否一直在等候着我,不为幻想和语言所动,犹如一个色欲和友情的深渊。

苏的身体渐渐开始恢复,她的情况比母亲要好得多。于是,书生和照相师便轮番在楼梯口出现。还有其他男人,装作医生模样或者说装作客观冷静不动声色。他们来自不同的社会阶层,言谈举止相异其趣,前后总计约有十多个。总的来说他们都十分礼貌,只是在苏的床边伫立片刻,便告辞退了出来。有时,他们相互之间也攀谈几句,在楼道里点上一支烟,掸一掸帽子上那看不见的灰尘。这时,他们的神情很像一对陌生的路人,那份讲究真是滑稽透顶。我负责他们的迎送工作,将这些来路不明的人一一铭记在心,过后前去告之我的母亲,仿佛那也是对她的安慰。而另一方面,我似乎并不期待苏很快康复。她的卧于病榻之上的形象更适合于我。每当我来到她的床边,俯身探望之时,我便陶醉于此,这感觉不会轻易消失,但需要培植、增添养料。而苏似乎也欣然接受我的幼稚的迷恋以及感情上的馈赠。这时,她的笑容是惬意的,仿佛在向她的面容深处唤回淡淡的容光。

深秋的一天,有人给苏送来了玫瑰。满满一大捧,由一位文静的女学生模样的姑娘坐三轮车送来的。苏显得异常高兴,她仔细地将玫瑰插入花瓶,安放妥当之后,苏走进我的房间,用一种要与我分享秘密的口吻说:我要去会一位朋友,但是我需要一名旅伴。

"很远吗?"旅伴这说法令我想入非非。

"走着去,花不了半小时。"我有点失望,但我原先暗自期待的旅途似乎也长不了多少。只是一种心情,无以名状,仿佛旅程能加以证实。我找出我的皮鞋,在楼道里猛刷一气,致使双手沾满了鞋油。在路上,我们也许可以讨论文学,这个话题在我和苏之间几乎已被遗忘。苏收拾停当从房间里出来,穿了一件深色的条纹细呢上衣。虽说穿得早了点,但与苏大病初愈后的面容倒也相配。

我们最终放弃了步行前往的计划。室外风很大,苏决定乘坐有轨电车去,于是我们穿过一条僻巷,来到东面的马路上。在风中,苏微微有些颤抖,车站上没有多少候车的人。一个报童穿街而过。上车之前,苏将手伸给我。"小心你的皮鞋。"她说。

天快黑的时候,苏领我来到一幢灰色大楼前。路程远不止半个小时,一路上苏和我也没有谈论什么文学。她似乎又在发烧,脸色一阵阵地惨白。我完全盲目地跟着她走街串巷,对此行的目的一无所知。

我们乘电梯上到三楼,去敲一扇褐色的木门。一名女佣探出脑袋,见到苏,便侧身让我们进去。接下来的场面令人心酸,走廊尽头的大房间里,一个男人喝得烂醉,倒在沙发里。房间里一股难闻的霉味,东西堆放得十分凌乱,不知为什么,那女佣正用酒精替那公子哥擦身,他像死了一般,任凭女佣翻动他的身体,他的裤子褪到腿上,露出苍白难看的臀部,原先盖在身上的毯子滑落到地板上,苏俯身拾起湿乎乎的毛毯,一副伤心欲绝的样子,她让女佣去打盆热水来,说完,侧身在沙发边坐下,将那酒鬼的脑袋抱入怀中。

我永远也不会明白,苏的生活中(怀抱中)何以尽是此类人物。但从苏那儿是永远也得不到答案的。她是那种深藏不露的女人。母亲曾经告诫过我,那话听来仿佛是苏的生活的一个注释。

她永远也不明白自己想要什么。

这怎么会呢？苏选择的男人，在我看来都是同一类型的。他们游手好闲，好吃懒做，无所事事却又是忧心忡忡。一副愁眉苦脸的可怜相，这些都是明白无误的。我对他们并不特别嫌恶。每当苏出现的时候，他们无一例外地显得特别的凄凉，犹如寒夜中的一名乞丐，穷愁潦倒到了极点。他们全都无可救药。

这个过着寄生生活的人，总算在苏的侍弄下醒了过来。"酒会，酒会。"他睁开眼睛，竭力回忆那个酒会的地点。"豪华，豪华呀！"他对苏赞叹道。苏无比怜爱地望着他，对他的胡话报以轻微的应答。地板上到处都是易碎的器皿，我竭力想把鲜红欲滴的玫瑰和眼前的一切联系起来。实际上这样做并不艰难。苏的温言款语就是他们的逻辑。（我是否接近了苏有关黑格尔的劝告？）"你饿吗？"噢，她在担心他会被饥饿所吞噬，而不是淹死在酒精之中。这种人由罂粟所陪伴，通过烟枪抓住了生活的要素，仰仗瞳仁里纤弱的光芒俘获苏的前额和嘴唇。他的瘦骨嶙峋的身影里有一种处女式的无辜风韵，这样的人将会置苏于死地。忽然，他开始辱骂她，得了疟疾似的浑身上下颤个不停。这本来似乎是苏的病症。而这也是一种僭越。他用咒骂来醒酒，以此搜寻苏身上的创伤。苏是沉默的，丝毫也不阴郁，眼眶里含着泪水。他开始砸东西，掀翻椅子,将酒瓶扔到窗外,并且竖起耳朵等着那声响,他咬牙切齿地扑向苏,对她又拉又拽。这时已经是第二天黎明。

我是如此渺小,在暴行面前,被苏领到隔壁的房间。苏命令我睡下。她让我保持安静,而我浑身上下似乎均已碎裂。虽然如此,我的目光中仍然不包含敌意,因为苏的洁净的目光中也没有储存敌意。

他衰竭了,也许是酒性已过。他又像一具尸体一般倒了下来,那巨大的声响直刺我的耳膜。我想,苏又将重回他的身边,守护着她的可悲的财产,她将亲吻他,我已深知这一点。

谁是愚昧的?来自荒僻地区的人,还是过分沉溺于书本不肯抬头的人?所有那些夜晚,在我兀自巡游之时,苏的形象已经向我显灵。我的目光所接触的已构成了真实的阅读,它赤裸、贪心,彻底沉浸在肉欲之中,甚至不为自己保留一幅平息之后可能需要的肖像,哪怕是一幅弄臣、小丑的肖像,或者一帧假面。这正是它的触目惊心之处。

这天傍晚,当这位酒徒清醒过来后,我被邀请与他一同外出吃饭。他穿一件晃里晃荡的西服在前面引路,一会儿停下来点烟,走几步又停下来擤鼻涕。就他个人而言是十分喧哗的。从他的背影看,他是个生机勃勃、没有什么恶习的有为青年。当然,这也仅指他没有被杯中物完全控制的时候。我在他背后亦步亦趋之时,根本没有意识到,他这么雄赳赳的,正是奔一家酒馆而去。

他先去卡尔登公寓索讨别人的欠账,进门之前,他转过身来问我,"我看上去怎么样?"

"你没刮胡子。"我如实相告。

"嗯。"他摸了摸下巴,"不过没什么关系。这样吧,你去功德林门前等我,欠我钱的人最见不得小孩。"

"我不是小孩。再说,"我补充道,"我不想吃素食。"

"我也不喜欢素食,但你还是站到那儿等我。"他走进了公寓,但又退了出来,"我可以请你看戏,作为补偿。"

我想,这是个面面俱到的酒鬼。

现在。在回忆之中,那幕等候酒鬼的场景,在时间方面已经被压缩了。实际上,我一直等到天完全黑透,他才提着一个挺大的皮箱从公寓里出来。这时候,他才显得与他的酒鬼身份较为吻合。他提着皮箱,一步三晃,跌跌撞撞地往我这儿冲过来。

"快来帮我一把。"他吼道,"这鬼东西,死沉死沉的,不喝上几口,根本就提不动。"

我上前显示我的臂力,但箱子并不重,里面并没有塞满东西。

我想,他只是虚弱而已。我们俩提着皮箱,转过街角,朝一家张灯结彩的饭店走去。这双人运输者的形象很像是一对结伴越货的人。

皮箱以及里面的东西确实是抵押品。他领着我在一张临街的桌旁坐下,而皮箱占据着另一把椅子。它是那么扎眼,高出桌子一大截,像是给桌子增加了一道围栏。

他要了酒。威士忌。对我来说非常陌生。他谦逊地说:"你应该喝点,在这个问题上,我对小孩没什么偏见。"

"不。"我谢绝了。

他显得有些遗憾,但很快,当然,在威士忌上来之后,他开始向我形容他的逼债经过。"没有钱,他居然对我说没有,不过,我很体谅他,他喝得比我多。结果,他给了一只箱子,衣服让我随便挑。你要看看吗?"说着他就要当众打开箱子。我再一次谢绝。

"那也好,我们就专心喝酒。"

"是你。"我纠正他,"不是我们。"

"那有什么关系,喝酒么,不分彼此。"他很快就醉了。我接受了邀请,但没吃上晚饭,最终,还是给苏挂了电话,让她来结账,并且接我们回去。

"谁的箱子?"苏问我。

"不知道,我在外面,没见到那个人。反正也是个酒鬼。"我说的倒是实话,只是经过了剪裁。这样,皮箱留在了饭店。后来,当他酒醒之后,并未记起皮箱的事。记忆对他来说似乎从来就不存在。

一位妇女,有关她的背景和来历,我一无所知,而我对她的兴趣也并不在具体的细节之上。一组地名,若干男人的身影,并不能向我传达多少具有决定意义的信息,一如涌现于衣修伍德笔端的萨莉·鲍尔斯。武断地说,它的全部魅力几乎都集中在最后的那张明信片上,等等!那仿佛是卡波蒂的故事,那上面写着:满怀深情。笔迹出自一个从作者视野中消逝了的女人。

"你是她的儿子?"中年人朝前探过身子来。

"不是。"

没等我解释,他便自言自语道:"那么你是她的兄弟。不,不对,她说过她没有兄弟。要不她是在骗我?"

非常像。我是说,与苏向我描述的那位电影演员的形象完全一致。

"苏和我母亲都出去了,她们去教堂了。"我如实传达。

"但今天并不是礼拜天呀?"演员很为自己的机智得意。

"她们去会一个朋友。"

"女的吗?"他确实善于辞令。

"男的。"我临时虚构了一个人。果然,非常见效。他开始在过道里烦躁地踱步,让焦急、疑虑、妒忌诸种表情在脸上轮番掠过,但并不一定按照我罗列的顺序。

"你,"他用手指着我,"知不知道那男的是从事什么职业的?"他怕我不得要领,做出老板、职员、打球的、教师等各种他自己认为颇具典型意义的动作或造型。我一个劲地摇头,表示否认和不懂。我看过这人出演的许多电影,多是一句道白或是如他刚才呈示的光有举动没有台词的一闪即过的角色。他曾以一部言情生活片而出名,片中,他饰演一名懒汉丈夫,他从不洗脚,甚至在他老婆将洗脚水端至他面前时,他依然拒不沾水,只是将双脚在脚盆上方搓来搓去,他首创了干洗法。在中国的早期电影史上风光过一小会儿。那是他的巅峰之作。而这会儿,他穿着一双锃亮的皮鞋,并且来回倒错着,借以表现他焦急难忍的心情。

我知道一些有关他的风流韵事,只是要我将他与苏联系在一起,着实有不少困难。只要想苏,单独的,不涉及旁人,就使我陷入忧郁。而这个有声电影早期的喜剧演员,只是一个落入俗套的丑角。虽然他长得相貌堂堂,但总是将脸拧成各种无以名状的怪样子。他招徕人们的干笑为荣。就是这样一个人,赢得了苏的恋情。她临去教堂前,那去留不定的模样,修改了她一贯的矜持形象。

他们见面时,更是无所顾忌。像电影式的毫无保留地拥抱,接吻。仿佛我和母亲是两名免票观众。这位电影演员,对于自己的里外生活倒也坦然,他的态度赢得了苏,我就是这么推断的。他的普通话里,含有严重的南方口音,非常适宜向一位女子抒发他的感情。他是杰弗雷·乔叟的热烈的崇拜者,他从不朽的坎特伯雷故事中获得灵感和对生活的明朗态度。我猜想,苏的文学方面的对话者中就包含了他。"在他的妙趣横生的诗篇的开头,"他会这样说,"讲的就是武士。我喜爱那幅插图:武士缠着头巾,留着络腮胡子,面带微笑,骑在一匹倔头倔脑的马上,披风之下露出腰间佩带的小刀。在中世纪的阳光下,"他会忽然掉转话题,"那时的阳光是多么迷人哪!"这种时候,他说话就会结巴起来,他说自己总是随身携带好几副眼镜,分别用于阅读剧本,阻挡风沙,从远处眺望美女如云的夜总会的大门,坐在黑暗的电影院中独自神伤。

当他新婚燕尔(他绘声绘色地为我们描述),雄赳赳地欲要对他的新娘动手动脚之际,他就宣称自己是一名小武士。他说,武士一词由他妻子在婚床上听来自然含义无穷广大,但小字似乎包含了自谦、调侃、泛泛而谈之意,并且兼有骁勇、灵活、无孔不入的意思。这一切,他的妻子自然会慢慢领悟。婚后他的生活健康幸福,很少烦恼。直到有一天,他遇见了苏。

"我就要离婚啦!"他在饭桌上宣布。仿佛他是自己的解放者。而苏却是含笑不语。她笑盈盈地看着他,像是在欣赏一部影片。

无疑,他是我在饭桌上见过的最令人愉快的客人,甚至我对他的偏见都不能掩盖这一点。再者,我倾向于苏,苏对他的感情主宰了一切,包括我对世事的态度。

在苏最终离开我们之前,她和母亲都是平静的,那一段日子,家中很少有人来访。偶尔还会有人送花给苏,除此之外,仿佛生活已经停滞不前。苏离开了,无声无息的,并非出自预谋,想要避开我的视线,而是(我深信),出自遗忘。对我并不需要一次特别安排的道别,那样的话又会毫无道理地谈起文学,这是令所有的人都感到不自在的,我母亲能够容忍我在日常那神情恍惚的样子,但对一些特殊的场面,她没有把握,不知我会干出什么有悖常情的事来,而我也不想拂逆她的心愿。

苏走了。那以后,我没有再见她。围绕着她而出现的众多人物,也随之烟消云散。过了几年,有关她的消息零星传来。她依然居住在这座城市里的某一幢房子里,一会儿是这儿,一会儿是那儿。经常是东搬西迁,其间她和那个演员同居过一段。他们生有一个女儿,但苏最终还是遗弃了她和她的父亲。她若是不爱一个人,她是不会这么做的。我是指,她不会与人生育。我不知道这一念头源自何处,也许是一道目光、谈话间的一个手势、步态、语音中那种凄迷的腔调,总之,它曾经向我显现,并且常使之萦怀于心。苏离开之后,母亲便很少再提及她,似乎她只是将她视作是一名曾经借宿的房客,仅此而已。母亲只是在忆及祖母时才会偶尔提到她。从某种意义上说,苏确实随着祖母的故世退出了我们的生活。

从那以后,我的个人生活中引进了几样新的内容:威士忌、烟、照相机、古典文学、美食以及对电影的无穷无尽的热爱。一个素不相识的人,可以根据这些东西推导出我的形象,再加上那个旧时代的背景,这就全了。

我还写过一些短篇故事,但全都遭到我母亲的痛斥。她称之为无聊透顶、庸俗、浅薄、无知。我很想知道为什么无知,对其余各项指责我倒无所谓,因为生活本来就无聊透顶。

但母亲对我的评论也就到此为止了。或许在她看来,无知是一个不宜展开的话题,你在某个领域里是无知的,那可能意味着你将永远是无知的。就像人们现在爱用的共时性概念,无知是无始无终的,并不因追加的事物而有所改变。这与那种对生活无所不知的人略有区别。算了,我还是停止分类吧,我并不想假装我是一个结构主义者。是不是并不重要,而是否假装才是至关重要的。这可能是我母亲的无知概念的内涵。

有一天(任意虚构的一天? 我只是不记得它的确切的时间。地点我还记得),我遇见一位姑娘,她身上的某种东西唤起了我的记忆。我假设她就是苏和那位电影演员所生的女儿。她的脸上也确乎有一种生来就遭人遗弃的寂寞模样。她坐在房间的一个角落里,一副洁身自好的架势,一个喝醉了的家伙,端着酒杯,走了一段弧线,来到她面前,要求碰杯。他将脸凑近她耳旁,他说:"你这是在为谁守身如玉。"说完,他就离开了,去走另一段弧线。

"他是喝醉了。"我向她解释,借以掩饰我偷听了他们谈话的窘迫。

"但愿你没有喝醉。"她不动声色。

"没有,肯定没有。"我对自己说,再喝一口,润一润嗓子,以免舌头打结,"我向你打听一个人,我想你一定认识的。不过,请你不要回避我的问题。"

"请说吧。"

"干杯!"祝贺谈话开始,"你的母亲是否已经离婚?她抛弃了你和你的父亲。"

"这是一个游戏吗?一个笑话?可不太精彩。"

"请回答!"我得再喝一口,我需要勇气,坚持到底。

"如果肯定的答案合你的胃口,那么是的。"

"是的!"我听见了是的。我在她身边坐下,"好吧,谈谈你的母亲,她怎么样?"

"嗯!"她似乎在竭力回忆或者选择恰当的措词,"她一直,一直很孤独。"

"毫无疑问。"我鼓励道,"干杯!"

那个沿弧线走路的人又回过来旁听。

"她,她一直一个人住。"

"这正是她的特点。"我想,我应该不时加以点评。

"她很爱我的父亲,也很爱我。"

"她是干什么的?"弧线人插话。

"是啊,她是干什么的?"这正是多年以来困扰着我的问题。

"她么,什么都干,也什么都不干。"

"为什么?"在弧线的终端,那男人问。

"什么为什么?她为什么要干?有什么要干的?"

许多人都聚拢来:"是啊,有什么非干不可的?"他们议论纷纷。地板在咯吱咯吱地响,过来一些椅子,人们互相碰杯,喉咙里发出咕噜咕噜的声音,像是在漱口。

"她身体不太好,她老了。"众人一起叹息。这是无疑的。

"跳舞吧!"有人提议。人们一下子就散开了。"谁比较年轻?"走弧线的男人临走问一句。他并没有等待回答。

"除了这些,还有些什么?"现在只剩下我们两个人。

"你还想知道什么?"她依然非常平静,仿佛是她支配着游戏的进程。

"没有了。"谈话忽然终止了,我也不明白我究竟想知道什么,"谢谢你,干杯!"

"干杯!"她看看杯中的酒,然后一饮而尽。

"好吧,现在谈谈你自己,你母亲离开你之后,你怎么样,如何生活,还有你的父亲。"

我。她说道,我想说的是,你还是避免听我的故事。她紧紧地搂住我的手臂。那是在几天以后。母亲下楼送一位客人,我们在房间里喝着半温的茶水。静谧已极,寂静本身都几乎成了一种声音。我们相对无言,任凭手指交织缠绕着。她耳畔的锤状饰物闪动着微光,她的侧面、脖子,在长发之下,仿佛绿树掩映的村落,某种东西在那里消失、消耗。我遵循习惯(仿佛我曾经这样做过),缓慢地对她加以巡视。她的微笑中似乎包含着歉意,一种我所熟悉的东西。没有谁比我们更加心不在焉,我对我们所倾心不已的东西一无所见,或者在其近旁犹豫。我有时闭上眼睛,觉得自己是个幸存者,从战乱之中逃离,受了轻伤,交融于互不相识的人群中间,凝视着,试图发现她们的备受折磨的身躯里所隐藏着的快乐。

我接近了她的外形、轮廓,看到那份轻度的惊恐,仿佛我要闯入某种反常的生活。她沉睡时,或者假装沉睡时,发出浊重的呼吸声,这会将我惊醒,并且陷入失眠状态。这是不可理喻的。对我自己尤其如此。

母亲从外面归来,走进我的房间,用一种询问的目光看着我。她也不会得到答案的。

她向母亲礼貌地微笑。我们继续喝茶。在这一瞬间,我看见自己从过往的生活撤出身来。我的悲悼的仪式已经结束,道具都已被撤换下来,灯光已经熄灭,深处的若明若暗的景象彻底消逝了。我们起身,下楼出门,来到街上。让人流将我们淹没。

谁也看不到生活的这一面,它存在于我们相互错失的一页中。我们读到的,最终只是无法接续的碎片。它们最后被装订成册,仿佛我们的生活原先只是一些活页文选。

"如果我有一天写了一本书。"

我听见我在说,一些类似的话。

"我不会读到的。"苏说。

我曾经想过,用一个最简单的字来形容苏,概括她的一生。我想到猫这个字,这中间没有寓意,因为我还想到了她所追逐的那些老鼠。如果每一句话都是一重象征的话,那是苏所无力负荷的。她这样的人,用一份摘要便可囊括其一生的艳史。苏的生命过于短暂,而且已离我越来越远,那些酒精、尖厉的笑声、毫不节制的性欲、她的情人的平庸而怪异的面容都消失了。随同那个年代,仆欧和买办摩肩接踵,大楼的色泽和最初的装潢,那潮湿寒冷的冬季,洋泾浜英语,私人电台播送的肥皂广告,电影和剧社,有轨电车的铃声,轶闻趣事,全都变成了追忆的对象,而它的中心,就是苏的形象,激烈但是不为人知,它是秘密的和私人的,深陷在遗忘之中,只是向我展放。越来越像是镜中景象,冷漠、散漫,次要,在她的故事中没有诺言,如果你为此忧伤,那就永远忧伤。她像正午的沙漠灼热而又荒凉,彻底地袒露在哪儿,遥远而又切近,没有玄学的意味,却又使我执迷于此,正如别的事物、别的人之于其他的个人。

此地是他乡

你们不是那望见港湾渐渐消失的人们,也不是行将离船上岸的人们。

——T. S. 艾略特

她们不听。谁也没法强迫她们这样做。这一点,在那个高个姑娘的脸上表现得尤为明显。但她假装是在沉思,托着右腮,胳膊支在桌布上,像是在研究桌布的图案。另一个在吸纸烟,优雅地吞云吐雾。这两个人仿佛随时准备大笑起来,拍拍裙子上的什么东西然后走掉,消失在门外寒冷的大街上。但她们没有动。似乎她们改变了注意,决定留下来继续忍受他的愚蠢的问题。那个高个姑娘打开皮包,取出进屋后摘下的眼镜,重新戴上。抬头看了李尤一眼。犹如用他作为一个点对了一下焦距。

他们继续喝杯子里剩下的那点凉茶。屋里很暖和,又有音乐,还夹杂着谈话声。人们的面孔都挺红的,不是因为兴奋,而是他们的身体确实在冒着热气。

那高个姑娘架妥眼镜之后,另一个抓过桌上的一份报纸读了起来。她前后翻阅,在找什么东西。找到之后,指给高个姑娘看。在对方瞅了一眼之后,立刻将报纸折了起来,防止李尤询问这件事。

这是一个非常漫长的下午,而且天空中开始飘起了雪花。李尤想,她们为什么不立即站起来走掉呢?他不会在乎自己问过的问题。虽然听起来有点傻,像什么音乐啦、乐器啦、电影院啦、书啦,她们并不真正关心这些东西,至少看起来她们不太关心。她们在想什么呢。

侍者来回走动着,衬衣是干净的,但是脸色疲惫。街上的尘土刮不到这儿,因为空气太潮湿了。令他想到女人的阴户。

他不能肯定,她们俩中间究竟是哪一个更想滞留在这儿,等待着发生些什么事情。她们本该拿了东西就走的,至多呷上一口茶。那种淡而无味的东西,袋装的,看上去挺干净的。

一辆双层公共汽车从窗前驰过,两位姑娘一同侧过脸去看。车身上是一种皮装的广告,还有一串电话号码和溅上的泥水。紧跟着是一辆水泥搅拌车轰隆隆地驰过。餐馆的地板震动了起来,众人纷纷毫无目的地抬头乱张望。暮色越来越重,街上的灯全都亮了起来。

侍者经过他们这桌时停顿了一下,似乎在问是走还是再添点什么?

"还想喝点什么?"李尤问。

"喝茶。"戴眼镜的高个姑娘痴痴笑道。

"喝茶。"另一个也说。

"我一直不明白你们俩究竟哪一个结过婚?"李尤不安地旧话重提。

戴眼镜的那位笑盈盈地望着另一位。另一位噘着嘴说,你是在猜我们中间究竟哪一个更容易背叛自己的丈夫,去跟你幽会。

是不是?

不是。李尤掩饰道。他心想,就是这个矮个儿的,略微有点胖的。一下午她都非常矜持,端坐不动,注意自己的举止,精心选择自己的一举一动。末了为了说出这么一句话。他决定告辞了。他起身收拾大衣和围巾,并招呼侍者结账。

"你刚才说你叫什么?"他问戴眼镜的那一个。被问者仿佛吓了一跳似的:"她叫杜逸,我叫崔晶。"他这下完全确定了,他笑了笑,断定这一对宝贝如果是未婚者,那么经期前后差不了半天。

"我送送杜逸,你不反对吧?"他放低声音,温柔备至地问高个姑娘。她站起来显得比她进屋坐下前还要高。

"你要让她背叛她丈夫吗?"崔晶生硬地开着玩笑。

"不会的。"李尤接过账单扫了一眼,暗暗叫苦。这几杯凉茶可真不便宜呀。

崔晶连声说那她先走一步。她把围巾往脖子上胡乱绕了几圈,造成一种非洲土著妇女的效果。"这样很暖和。"临走前她还解释了一番。

就在这一瞬间李尤改变了注意:"你这样会被风刮倒的。我看你们还是做伴的好。"杜逸吃了一惊。从她的眼睛里,李尤知道她确实有个丈夫,并且将陷入不贞的娇妻对他的折磨之中。为时不远了。但眼下李尤并不打算去想这件事。

"我先走一步。"他似乎看见自己飘忽不定的身影消隐在夜幕中。李尤急于回家看看自己的妻子到家了没有。

枚乘放下电话的同时,电话铃又响了起来。她猜测这是谁的电话?她刚进家门,下飞机还不到四十分钟。就算是没托运行李,出租车也顺利,这也是最快的时间了。当然,航班还必须没有误点。

她去厨房点着煤气煮上水,从冰箱里取出一袋速冻的鸡翅扔到水槽里化冻,然后回到床头的电话机旁。对方仍然没有收线。枚乘知道只有三个人才会让电话铃这么没完没了地响上半天。自己的母亲、自己的丈夫还有自己的情人。她宁愿电话是秦咏打来的。她需要几句情话,而不是李尤那无关紧要的唠叨,如果是母亲,那么她希望至少过两个小时再打来。那时她大概已从波音飞机的嗡嗡声中彻底缓过来了。

是秦咏。枚乘刚说了句"亲爱的",门锁一阵乱响,李尤拍打着身上的雪花进了房间。看到妻子平安归来,李尤心里一阵轻松。他解开大衣想过来拥抱一下妻子。杜逸失望的眼神在他的脑海里掠过,他庆幸自己没跟这位诱人的小妇人一同离开餐厅。他一下午的幻想此刻已经烟消云散。他觉得妻子依然那么楚楚动人。看着她凌乱的头发,一丝温柔的体恤怜爱不知从哪儿跑了出来。

"你母亲?"他平淡地问了一句。

枚乘无动于衷地点了点头,并朝厨房努了努嘴:"替我看看水好吗?"停顿一秒钟,她又补充道:"热了就叫我。"

李尤垂头丧气地拐进厨房。水壶外表上的水珠尚未蒸发。他只好瞪着一堆杯子和瓷器发呆。杜逸在餐桌旁错着双脚的娇态再次掠过他的脑海。

枚乘在厨房门口注视了他一会儿,便过来拥抱他。"想谁呢?"语气里带着一丝娇嗔。"你走了有两星期了吧?"妻子用力点点头。李尤使劲将她抱了起来,几步就将她送到床上。

他看了一眼没架好的电话,索性将它摘下放到一边。枚乘突然坐了起来。"我受不了这忙音!"心里想着,上帝呀!两周以来我想的可全是秦咏啊。他的一切!噢,算了。坐飞机真是令人烦透了。

李尤将电话放回原处,坐在床边慢慢地脱去皮鞋,等到换好了拖鞋,忽然冒出了一句:"还是先做饭吧。"

"鸡翅可能还没化吧?"枚乘冲着他的背说。"用热水浇一下吧。"李尤站起身来。他走到厨房门口又折了回来,摸摸妻子乱糟糟的头发:"我很想你枚乘。"

"我也很想你。"妻子温存地说,"我有点累了。明天一早我还要去学校。你知道这种会议费用虽然是对方出的,但学校的课得找人来顶。"

李尤让妻子躺着,说是晚饭由自己做。枚乘又说自己困了,想早点睡,让李尤做一点自己吃就行了。李尤便又回到厨房继续发呆。他试图回忆一下杜逸的容貌,天啊,他已经记不起来那张脸了。

你请我喝早茶么?杜逸在电话那头问。是喝茶,不是喝早茶,李尤费劲地解释道。我看不出这有什么区别。对方还在嘀咕。

一小时后,他们又坐到昨天的位置上。

"你没约崔晶吗?"杜逸似乎很吃惊。

"你想要我给她挂电话么?"李尤并没有挪动地方。

"挂不挂都行。我不在乎多一个人少一个人。"杜逸两眼望着街上的行人。

"也许应该叫上你丈夫。"李尤竭力使自己的语调不致太过分。

"好啊,那再叫上你妻子。"

李尤不再吱声。茶送来了,跟昨天的一样。侍者换了,他甚至懒得抬眼看人。

两人几乎同时端起茶杯送到唇边。就在这一刻他们和解了。杜逸的眼睛甚至有些湿润了。她注视着他,她想让他知道这一点,她想确认一下他们的关系或者说前景。毫无疑问,对面的这个男人被感动了,不仅如此,他的脸上还有另一层东西,情欲之外的东西,那是危险,是冷漠或者说是深情。谁知道呢?她喜欢他这样,专心致志。她欣赏他,她知道他也一样。他们彼此相似,甚至在欢爱中这种相似也是可以期待的。再说,他的脸上有一种落寞之感,这使他的情欲披上了一层伪装。她喜爱这一点,微微有一丝受骗上当的感觉。一个浪漫的骗局,一个花团锦簇的深渊。没有比这更令人销魂的了。

杜逸取出一份报纸。这是她的道具,她的念珠或者手帕,总之供她在手里摆弄的一件东西。他才不会在意呢,是吗?她问自己。

他彻底平静了下来,深知昨晚的停顿是必要的。这件事必须由同一个场景加以接续,某些秘而不宣的联系需要慢慢探寻才会呈现出来,一个秘密不会突然展示在你面前,何况这是一个由两人分享的秘密。时间和场所会如此充分地揭示。

你尽管享用吧。他对自己说。

"谈谈你丈夫。"他似乎并不是在请求。

"我很爱他。"她沉思了一会儿才说。想必如此。他暗想,这么多愁善感,怎么会不爱呢?他望着她面向窗外的侧影,其中有他熟悉的某种东西。他在思索,他最初是在另外一个人的容貌之中发现了这种神情。

几个月前,也是在这张桌旁,繁钦也是这么坐着,含着笑意,又仿佛微微皱着眉头。一瞬之间这些全从脸上消失不见了,过了一会儿,它又在不知不觉中回到了脸上。就是如此怡人。令李尤焦虑、困顿和迷惑。

"你是做什么的?"杜逸询问道。

"什么?"

"你走神了。我是说你靠什么生活。"这正是他近来每日自问的问题。他想对她说,他必须靠爱情来滋养。但他却对她说,他刚辞去了公职,他有很多打算,但她也可以认为他根本就没什么打算。

杜逸表示同意他的观点,但她的声音中没有一丝一毫理解体谅之意。他想这件事与她确实也没有多少关系。

餐厅深处有一群人在高声喧哗,似乎是在庆祝昨夜的雪终于没有下成。但很快又陷入一片窃窃私语之中。

这情景李尤是熟悉的,但只会在不经意间浮上他的心头,如缕不绝。而更多的时候,他总是无暇顾及,仿佛他从来不曾领略过其中的滋味。

"其实我上这儿来,是想等一个人。"他终于说了出来。他想对她谈及这件事。

"噢,是一次邂逅。"杜逸显得饶有兴趣,"结果来的却是我。"她并没有不高兴,仅仅是声调有些变化。一种他原先未曾注意到的沙哑的声音混进了她的喉咙。

"你认为她会来吗?或者说我来了她还会来吗?也许我不来她才有出现的可能性?"她断断续续地说着。

"我不怎么认识她。"他如实相告。

"怎么才算认识,我们这样算不算认识。就因为有人托我和崔晶给你捎了一块手表。"

"手表是给我妻子的。"他解释说。

"你给她了吗?"

"没有。"他们都笑了起来。有约在先似的。

"我不知道她会不会来。"他继续说。可是忽然之间他想到了贝克特的那个著名的笑话。立刻觉得索然无味。"算了,我们还是谈点别的什么吧。"

"好的。谈什么都行。"她的目光在餐厅里来回扫着,意思是说她无所谓。

但是,他想的依然是那个叫繁钦的姑娘。杜逸说得对,她有真正的敏感。那是一次真正的邂逅。夏末秋初的一天,午后,天气异常闷热。他来这家餐厅里喝杯饮料。餐厅里挤满了顾客,在空调器的嗡嗡声中,人们的燥热稍微平复了一些。片刻,一场阵雨便下了起来。接着,不断有避雨的人推门而入。繁钦就是他们中间的一个。她穿着束腰的碎花长裙,匀称,舒展。她的喘息带出一股沁人心脾的乳香。她径直走到他的桌边,刚好对面的一对中年情侣起身离开。她就势坐下,微微皱了皱眉头,因为座椅还没有凉透。

"接到我的电话你感到突然吗?"见她不吱声,他又补充说,"我可能是太冒失了。"

"一点也不。"杜逸解释道,"总是许多人给我挂电话,总是诸如此类的事情。"她观察了一下他的反应。"还能有什么事情呢,无非就是这些事情。这并不是说我会去赴所有的约会。"

"大部分?"他问。

"一小部分。"她力图说得准确,"偶尔为之。"

"真是难得。"他不知道自己指的是什么。

"确实如此。"她似乎是在回顾自己的履历。迅疾的初恋,两三次背叛,然后就是婚姻。一转眼,真正令她动心的恋情又回到了面前,又是背叛,真是令人心力交瘁。杜逸认定背弃使一个女人变得益发妩媚动人,无论在谁眼里都是一样。

"去我那儿么?"李尤问。

"这可是真正的偷情。"杜逸甜蜜地说。

他们在桌面上将手伸向对方。他的手是柔软的、女性化的,而她的手则是冰凉的。

"你的手总是这么凉么?"他说。

"你对女人所知甚少。不过有些人喜欢装作一无所知。"杜逸收拾起手提包。

"我属于哪一种?"他们并肩朝门口走去。

秦咏穿着宽大的已被漂白了的水洗布衬衣,袜子是无数冒牌货中的一种,仿皮凉鞋是他那个年龄层的男人夏季的随身之物——可以毫无顾忌地站在一摊脏水中间。缝制粗糙的牛仔裤(几乎是一夜之间套上了所有能够拉得上的臀部),被秦咏用来搭配他从西服到汗衫的所有上装。对了,还有鞋袜,这方面,他还有好几种赝品。秦咏无动于衷地往身上套着或挂着这些有着舶来品标签的本地产品。他更关心的是勃洛克的纯粹性,从那些哗啦啦的音节,到俄国十月社会主义革命所带来的弥漫的影响。冷啊,这些夏天的东西都该收起来了。秦咏朝窗前迈了几步。这是上海隆冬常见的天气。寒气逼人,窗外的景致也就是周而复始的建筑工地,那些脚手架令秦咏情不自禁地联想到北方乃至更北方室内的细细的暖气管。就这么一会儿,曼德尔施塔姆的诗句噌噌噌地跑进了他的脑海:"我爱我这片可怜的土地——因为别的土地我没有见过。"秦咏决意要篡改这诗句:"我爱我这片可怜的土地,别的土地虽然我也见过。"

秦咏曾在莫斯科大学待过四年,他就是在那时爱上了勃洛克以及憨态可掬的冬妮亚的。哇!秦咏在诸多感叹词中特选了这个时髦的词。哇!爱情,在一大堆俄罗斯诗人的咏叹之后,我们也就只有跟着读的份啦!每念及此,秦咏都会会心一笑。幸亏四下无人,否则,他那凶悍的女友小小又要叫骂花痴了。

有必要解释一下的是,秦咏是有过一次婚姻的。前妻是他外语学院的同学,一位精瘦而敏捷的高个子女性。措辞文雅,用典深奥。虽说俄语是她的第二外语,但她决计要在勃洛克的汉译上与秦咏拼到底(很难说这就是毛语或"文革"用语)。秦咏是个从一而终的典范,情急之下,他甚至打算牺牲勃洛克,从而保全他的摇摇欲坠的婚姻。但是苏红(他的前妻)温柔而又不依不饶地敦促他交出从莫斯科带回来的所有书籍和唱片(两个卢布一张的民谣和一个卢布一张的叶甫图申科。是啊,浆果处处)。秦咏说:"亲爱的,就让我们分享吧!""好吧!"苏红用唾沫润嗓子,"但是得由我来分!"

说婚姻就这样破裂是不公正的,但是那个遥远过去的细枝末节早已无从稽考,欢声笑语和叫骂声全都荡然无存。秦咏被抛弃了,犹如一部被退回的书稿。这不是一个附会的比喻。这会儿,正有一部书稿放在杂乱无章的写字桌上。《勃洛克评传》。原著:什克洛夫斯基。译成中文三十九万二千五百字。秦咏最初是在涅瓦河畔产生了译书的冲动———一种甜蜜的憧憬。而这会儿变成了冰冷的回忆。他前后译了三年半,如今被一个因患甲状腺机能亢进而双目鼓出的女编辑冠冕堂皇地打发了回来。她的委婉的退稿原因是:订数不够,秦咏想,这话翻译一下就是:大众会问,勃洛克是谁? 当然还有更复杂的译法,那是俄语这么完备的语言都无法在一个句子中表达的。

什克洛夫斯基的原著是冬妮亚的馈赠。护封是豪华的布纹纸,点缀着零星褐色斑点的纯净白色,一眼就让你联想到白桦林之类的俄国风物。内衬是浅灰色的,与瓦蓝的纸绸互为映衬,再就是冬妮亚优美的签名。这大约是苏红企图掠夺的原因之一。

冬天真是冷啊! 而且越来越冷。在毛衣外面再加上一床花格毛毯,这样只能蜷缩到床上去了。在莫斯科的冬季,那可称得上是最最寒冷的一季。要说那是一部恋曲,还不如说像是一则传说。至少在回忆中像是传说。它会以怎样的方式流传或者湮没,那就无从知晓啦!

相对于秦咏的过去,他的就在眼前的未来也好不到哪里去。小小(仿佛她是永远也找不着的)就要在这一大块寒冷中的无法确定的一小块里突然冒出来,一边脱手套一边大喊大叫,她所嚷嚷的内容是任意选择的。如同她曾说,秦咏也是她任意选择的。秦咏认为,从逻辑的角度讲,这大概是小小发表的唯一一句合情合理的言论。另外,从她嘴里哈出来的气,多少也能使房间显得温暖一些。这一希望在花格呢毯的皱褶间支持着秦咏。

秦咏的住所远离学院以及学院的正当延伸部分——家属区。他住在——怎么说呢,噢,另外一所学院的延伸部分,待在另一群受学问挤压的人中间,由于一系列无以复加的繁琐的换算方式,秦咏在这里落了户。他可以从窗口眺望邻居们的校园。不错,院子挺大的,在草坪上闲逛和在小径大道上行走的人倒也符合这一环境。他们(她们)由眼镜、破自行车以及大部分落伍的时装和一小撮极端时髦的衣裙所组成。他们通常像受人检阅似的在食堂前呼来拥去,比之在梯形教室里挨得更加紧密。小小就是秦咏在嗟食队伍中寻觅的。在一瞬之间,仿佛十二月党人的妻子,在西伯利亚肮脏的巷道里,跪下亲吻丈夫的脚镣;小小踩在一份鸡毛菜上摔倒了,正冲着秦咏的旧皮鞋扑了过来。一份惊慌加上一份羞赧,令秦咏的怜爱之情油然而生。普希金的诗句,来吧!(幸福迷人的星辰。)秦咏伸手要去搀扶这位落难女了。"你的鞋带开了!"对方说。

"我什么丑态全让你看见了。"在很长一段时间里,这是小小又得意又懊悔的事情。

下雪了。秦咏在莫斯科的晨雪中无数次遥想过这南方的纷飞雪花。我已老了。这是这个时代年青人的普遍哀叹(叶芝可以来帮助描述)。你怎么就老了呢?秦咏问自己。像是叫莫斯科的冬天冻着吗?还是其他?比如:对感情的不切实际的完美主义要求。在这杆沙文主义的感情标尺之下,冬妮亚、苏红还有小小都会或已经落荒而逃,或从异国他乡送来阵阵咒骂。

门铃响了起来。但来人不是小小,而是枚乘。

李尤和杜逸静静地躺在床上,聆听着闹钟走时的嗒嗒声。他们必须赶在五点钟之前收拾完一切。在沙发上端坐饮茶,静候枚乘的归来。不过这会儿时间尚早。闹钟定在四点三十分,虽说有点冒险,容易心神不定,但他们过于留恋这份相拥而眠的惬意了。

李尤尚在浅睡之中,而杜逸已是无论如何也睡不着了。她回味着所有的细节。从唇齿、指尖及全身每一处神经末梢。她迷恋这一切,不顾羞耻,委身于她丈夫之外的另一个男人,沉醉于肉欲之中。要命的是,她爱上了李尤。她深知这一点,但无法向任何人说明,甚至不能向李尤说明。他也不会明白,何以在如此短暂的接触中陷于不可自拔的境地。他要她做他的淑女,那她的丈夫怎么办?让他以无穷无尽的自慰了此残生吗?他有时真是天真得可爱。她要与崔晶讨论这些,虽然这不是一个新的话题。但至少是个常谈常新的话题。

崔晶一开始也许会谴责她的不义之举,但她最终会迷失在那些色情的言词中间。况且,杜逸觉得自己确确实实陷入了情网。

在远处嘈杂市声的衬托之下,房间里此刻安静极了。什么地方的打桩声隐隐传来,勾勒出这幅寂静之画的轮廓。她抚弄着他的头发,并不是为了惊扰他,使之从睡梦中重返人世。她只是一味地抚弄,怀着一份深切的眷慕。她喜爱这一次,造爱,避开丈夫的猜疑的目光,有一丁点儿庆幸的成分在内,对盘问应付裕如。因为她深知自己的容貌中天生就有一种纯洁无辜的神情。这足以欺骗所有的人,包括她自己。她总是为自己的身世遭际而感怀不已。

这些人在她的生活中一一出现,他们,还有她们的言辞或者食指、无名指上的戒指在向她闪动着光芒。他们,所有这些人的面目,在十年之间便被毁去、修改,使人惊异得说不出话来。何时何地,他们曾经如此消沉!他们依然生活着,衣着随便但他们的生活彻底给毁了。但没有人愿意说出这一点,他们试图在沉默和言辞之外,在肉体的无穷无尽的接触之外重建生活,但这是徒劳的,那种更隐秘,更内在的生活与一种痛切的感觉相维系着,一经破坏便不复存在,永久地消失了。

每当肉体的欲望消散过后,杜逸便试图描绘他们的面容,群像或其中的一两个人。使他们在她的心中复活一小会儿。他们从来不曾有过不朽的愿望,或者他们把这层东西隐藏了起来,不向人展示。而尽量谈论时尚,并且给人一种错觉,似乎与十年、二十年间的社会变迁保持着敏感的接触,就是以使之在各种场合左右逢源且不论这种生活包含了多少屈辱、心机和变态心理。

是应该尽量地给予同情,他们多少患有广场恐惧症和幽闭恐惧症,所以他们尽可能地待在各种各样的过道里,随着人流上下楼梯,时不时地他们还领先一步。其中就有崔晶这样的人。如今,她已是夜夜失眠,难以入睡,脸上那困惑疲倦的表情既像个作家又像个厨娘,其实她倒是身兼二职。但此刻杜逸想要涉及的并不是她。虽然这个时代是由崔晶这类人所标识的。谁知道这种尺度能有效地使用多久。

至于另外一些人,即使是在她的记忆之外,她想它也早已褪色黯淡了。半个世纪,甚至还要多一些,在风霜雨雪的侵蚀之下,日复一日,细微的变化均来自于此。还有什么不曾为岁月所改变?哪怕是岁月本身,也已在她的记忆中衰变,不复再有往日的光辉和润泽。

在梦中,李尤就像是一个影子。当然,是他自己的影子。

走廊里阴沉沉的,光线从顶部和两旁的窗户照射进来,构成重重浮海尘埃的光柱和暗影,这是外祖父所在的私立学校的惯常景象。楼梯上错杂的脚步声、锃亮的小牛皮鞋,头油的香气、蝴蝶结、旗袍的下摆、轻拍扶梯的小女孩的手掌。这一切对他来说,记忆犹存,它是不朽的。虽然这一居所如今已被夷为平地,在一阵剧烈的震动之后,仿佛他的外祖父为一通骇人的咳嗽夺走了性命。他是那所学校的校长。这一段往事正是源于他的。他在那儿任期两年,主持讲授《古文观止》,并且在那儿病故。他手持课本,朝走廊深处校长室走去的形象是病态的,仿佛他生来就是一个病人,疲倦、举止轻柔、面色胭红,手指细长无力,好像课本随时会从他的手中散佚。

还有另外两个人,子光与子云,一对兄妹,他们的形象也是与私立学校的走廊维系在一起的。李尤与他们初次相遇就是在那儿。他们的母亲、一个茶叶商人的妻子,将兄妹俩塞上船,从连云港打发到上海。"去找你们的父亲吧!"于是,他们开始飘零。然后,有一天,出现在外祖父那所私立学校的走廊上,他们在那儿寄宿,成了学校日常景观的一部分。

子光散漫、漂亮、极端迷信,他产生预感时,脸上有一种愚昧的神情,非常明显。

李尤与他一见如故,李尤信奉他的朴素、他的邪恶和他的愚蠢。他的胞妹,子云,一味地仿效她的哥哥,似乎那是她的乐趣所在。她比他更漂亮也更散漫,整天思绪飘忽,不知所终。

那一年,李尤十四岁、子光十七岁、子云则介于两者之间。至今,李尤仍保存着一张他们三人与外祖父的合影。外祖父身着长衫立在中央、他们三人分散两旁。那样子似乎是要逃出画面。子云扎着辫子,李尤和子光新理的发,一副急于长大成人的架势。

无疑,他们是盲目的,这一点,照片上显示得清楚之至。

子光和子云来到的那天晚上,李尤就从顶层的阁楼内搬了出来。子光挽留他,但脸上并没有明显的表情:"我们一起住。"李尤将目光投向了子云。此时,外祖父已经夹着他的被褥下了楼梯。

"我还是跟外公睡。"李尤说。

兄妹俩都不再吭声,垂着脑袋,失意的样子。还是他们惯有的表情,含有些微冥顽不化的意思,这种时刻,谁也弄不懂他们在想些什么。也许什么都没想,只是一片空白而已。

李尤走进校长室时,外祖父已将他的床铺好了,这是他的办公室兼卧室。外祖父微笑着对他说:"等他们的父亲一来,你就可以搬回去睡。"

"好的,外公。"李尤听见自己说。

他不记得还说过些什么,好像没有了,在记忆中只残存了这么简单的言词。

屋内的扶手椅,案头的学生作业,放在裤袋里的怀表,纹丝不动的头发,依然历历在目。但是这些细节传达不出更多的信息,非常平淡吗?为什么不把它塞进某份大事记里,使它在与其他事物的联系中显得含义更丰富、更暧昧或者更虚妄?

那是一对喜爱东游西荡、探头探脑的宝贝,私立学校所在的懋益里的那幢红砖镶边的粉黄色楼房里,他们两人的身影随处可见。兄妹俩像学监一样到所有教室门前巡视。虽然他们在教室门口止步,但神色却包含了若干审视评估的成分,使得这对寻父者多少显得有点滑稽。

这两个人的典型形象是交头接耳、窃笑、突然的疑惑以及戛然而止的黯然表情。他们也喜欢在街口与衣衫褴褛的人攀谈。子云在子光的侧后方站着,犹如一名侍从,注视着她的兄长与别人交谈。他们明显的外乡口音往往使人惊讶、费解乃至不悦,但旁人却又总是慑服于子光的略带蛮横的直率。他们与周围的人熟识起来。

这些总是显得睡眠不足的人,李尤大约用十年的时间也无法结识他们。

窗外已是漆黑一团,李尤打开灯。六点四十分。枚乘尚未归来,而杜逸早已不知去向。枕巾上散落着几丝她的头发,交织在枕巾的图案中,难以辨认。

他从床垫上掀起床单,重新展开,铺平,将四周折好塞入。一切又恢复平静。仿佛什么都没有发生过似的,而且他暗自认定,也确实没有发生过什么,不是因为矫饰和回避,而是对刚才过去的事,缺乏把握,没有什么记忆犹新的感触,美好但是不乏污秽之感。怎么可能?他很快就睡了过去。仿佛服用了什么药物。也有一点像是害怕羞愧,他回避杜逸的进一步的爱抚。她摸索着很快就显得漫不经心,并且自知这是令两人全都兴味索然的。她停了下来,不仅是手,还包括她体内的欲念。而如是这般对他休眠的敦促,使他立刻就陷入了梦乡。

他和枚乘的床恢复了原样。甚至人体的余温也早已散尽。他的妻子可以在此时回来,或者更晚一些,对此李尤已经无所谓了。

敲门的是马融。他戴着呢帽,短围巾搭在脖子上,忍受着走廊里的寒气。

崔晶开门让他进屋,领他穿过闹哄哄的走廊,将他介绍给她的父母和兄嫂。

"你的生活看上去很乏味。"马融以他惯有的腔调评论道。

"乏味吗?"崔晶扫了他一眼,请他在自己的单人床边坐下,"我倒不怎么觉得。"

"我来找杜逸的。我认为你们会在一起。"

"是么?"

"你在观察我?"马融笑了起来。

"你要是认为她是个坏女孩那就错了。"崔晶不明白自己为什么要替杜逸辩护,她走过去将窗帘拉严实了,并且冲马融眨眨眼睛。

"谁说她坏了。她是个有夫之妇。单凭这一点,她就是个好人。"马融嚷起来。

"真是妙论。"崔晶乐了,她一贯喜欢这家伙的奇谈怪论。没什么道理,但听起来逗人。

"好吧,现在请你告诉我。她上哪去了?"马融恳求道。

"谁?上哪儿去了?如果她去哪儿了,为什么要告诉我?如果我知道,我又为什么要告诉你?再说我也不知道。"崔晶一口气将这些话说完,如释重负地坐到椅子里。开始涂自己的指甲。

"我不喜欢这种颜色,你和杜逸都喜欢用它。真弄不懂。"马融垂头丧气地说。

"你知道女人为什么要涂指甲吗?"

"大概知道一点。"马融小心翼翼地说。

"好吧,你说来听听。"崔晶吩咐道,同时将自己的双腿盘到身子底下。

马融清了清嗓子,开始他的长篇发言。女人的日常生活通常或者说基本上是这样的。马融以他惯有的方式,从一个遥不可及的地方开始讲述。

"她或者她们在完全清醒过来之前的浅睡之中让自己再做一

小会儿梦。内容通常可以转述,但是难以理喻,如果起床之后她忘了梦的详情,别的什么人最好不要去没完没了地追问。梳洗之前的女人一般是神思恍惚的。当然,这全由休息的安逸程度而定。倘若有人发现女人处在梦魇之中,眼球在眼皮底下转来转去,表明此刻女人急需搭救,但这种时刻,做丈夫的大体上是浑然不觉的。

"接下来的工作是雷打不动的。不管是工作日还是休息日,繁复的化妆程序及其细致程度丝毫不受影响,最多也就是频率特殊而已。在这种常见的不同时刻,旁边的人应该具有良好的耐心,或者干脆就当没看见。不过必须适可而止。在女人化妆的过程中,尤其是在全盘结束之后,适当的评论是有益的。这里指的适当的含义也就是无原则的吹捧。类似文坛和官僚机构中常见的那样。

"脸是女人最爱惜也是最不爱惜的地方。她悉心呵护,但是什么乱七八糟的东西都往那上面抹。诸如牛奶洗面乳、西瓜洗面乳,用过之后一股子小孩嚼过的奶糖味。

"从理论上说,女人对各种异味自得其乐,她相信这样可以避免香皂中碱性物质对皮肤的刺激。换言之,你只要将一段文字印在上光的花花绿绿的纸上,然后贴到形态各异的瓶子上,女人便会深信不疑,欣然试用。追悔莫及不属于女人的天性。

"假如女人对某种用来浓妆淡抹的玩意嗤之以鼻,一般也上升不到捶胸顿足的份。女人是宽容的,这种宽容包罗万象直至对那些负心人的一再谅解。这中间的奥秘她周围的人可以通过女人对化妆品的态度略知一二。

"勾唇线、涂口红是整个工程的最末一道工序。可以称这为画龙点睛,否则万难逃脱苍白的命运。即使女人上了过多的胭脂,也只能是一个苍白的红种人,或者是一帧聊斋插图。不过,女人投入精力最多的却是画眉毛。时下,在短而粗的平眉和细而高挑的弯眉两大流派之外,女人已不再另谋所谓创新之道了。这可以看作是女人的保守性的一个注脚。值得注意的是,女人要是一旦发狂,其局面是难以想象的,这可以从女人使用那些五颜六色的眼影粉中获得佐证。最著名的例子是索非亚·罗兰画一次眼影使用四十二种颜色。女人最终牵拉下眼皮并且施行睑部手术的部分原因可以归结于此。据说浓重的眼影可以掩饰过度的夜生活留下的痕迹。反之,完全不使用眼影粉或者杜绝化妆也是通向无差别社会的一种手段。比如,1976年之前的中国。

"究竟怎样才算是恰如其分,这全由女人自己说了算,诸如北方姑娘喜用较多的粉;最南边的女性着迷于文眼线。不过这座都市趣味和时尚的天平还得仰仗于纸币的砝码。"

崔晶递过去一只杯子,里面有她喝剩的一小口水。马融一仰脖喝了下去。

"你的研究是建立在对杜逸的观察之上的吧?"

"错误!请你不要打断我。"马融拖过一把椅子,逼近崔晶,在离她一尺远的地方坐下。

"最惊心动魄的篇章要数夹眼睫毛了,有好事者引申说,这是女人自虐和受虐倾向的日常写照,还说苦中作乐,为美、为幸福而受苦之类的说法指的就是这类事情。"

"因此,"马融调整了一下语气,"当丈夫和情人亲吻妻子或女友的眼睛时,包括彩色的眼影部分和向上卷起的睫毛。女人那份悲喜交集的心情实在是无以言表。"

崔晶揉了揉自己的眼睛,表示不置可否。

"女人化妆时的标准心理状态可以称之为零度状态。类似于男人在理发店里收拾头发。无思无虑,物我两忘。此刻,手工活动机械而又高于一切,严格意义上的审美活动尚未开始,一切都在未定形之中。无怪乎现在的女人偏爱似与不似之间,重要的是过程而不是结局之类的陈词滥调。

"购物欲是女人的另一重要特征。"

"你好像离题了。"崔晶提醒他。

"我早就离题了。当女人处于个人经济大萧条时,它则下降为纯粹或相对纯粹的逛街。有两个原因可以导致女人疯狂购物,那就是心情愉快和怨气冲天。女人购物时的一个显要倾向是挑挑拣拣,买少量合适有用的东西和大量无用或者基本无用的东西。它的莫名其妙之处在于女人能够将有用化为无用。例如,她掉了一支昂贵的眉笔,立即花同样的钱去买十支廉价的眉笔备用。这种行为虽属罕见,倒也不失为应付艰难时世的一方良药。"

"另外,"马融的手在崔晶的椅子扶手上摸来摸去,"女人永远买不到她满意的外套,女人出门永远找不到她合适的鞋,女人的首饰永远是随处乱放,女人最痛苦的是计算零钱,女人永远期待礼物,不论它来自何方,女人的好胃口和她对苗条霜的兴趣成正比,女人又恨又爱的东西是高跟鞋,女人最令人费解的时候是她流泪的时候,女人最恨男人说她浅薄、庸俗,只知道逛商店买东西。"

马融观察着崔晶的反应。她点上一支烟,任他的手继续擦椅背。

"女人的好处是秘而不宣的,她的温柔需要旁人去体会。女人天生是母亲,是女儿,女人天生讨厌别人管她叫妻子;但女儿最勇于尝试的却是为人妻而非为人母。做女儿则是命里注定。当然,那些投身伟大事业的女性不在此列,她们的理想和业绩可以到别处去查找。

"显然,我说的女人指的不是作为女性的美的女人,犹如许多鸿篇巨制从宏大的类出发归结于微小的某人。我说的当然不是你或是杜逸。冲着巨大的量词或者概念发言通常是很可疑的,比如讲汉语的人现在一般避免使用'全人类'这样美妙的字眼,这倒暗合了华夏民族谦逊的古风。"

"我说的指甲,女人为什么要涂指甲?"崔晶不依不饶的。

"为什么?我干吗要知道为什么;愿意涂就涂好了。"显然,他发表演说的兴致已经衰退。椅子也已经挪开,他又重新坐到单人床上。

"我还认为你把女人看得很透呢。"崔晶一口接一口地吸烟。

"看女人,"马融借着余兴发挥道,"其实指的是看某些、某个、某方面甚至是某些时候的女人。更有可能指的是看某种有关女人的话语。所以,难免有看了等于没看,不看也得看之类的谬论。我有时想,看女人的最科学方式是睁一只眼闭一只眼,因为全神贯注、双目圆睁往往导致头晕目眩,视而不见。"

"你的朋友在这儿吃饭么?"崔晶的母亲推门进来问。

"你在我们这儿吃晚饭么?"崔晶问。

"不啦。"马融起身告辞,"既然杜逸不在,我还得去找她。如果她来电话,告诉她,我正到处找她呢。"

"要我给你提供线索吗?"崔晶送他到楼梯口。

"还是让我自己找吧。"马融又将他的小围巾在脖子上搭好。

"看来你并不急于找到她。"

"找到和找不到都令人痛苦。"说完,他摆摆手下楼去了。

"我本来以为你会在那儿多待些日子。"秦咏说。

"你希望我那样么?"枚乘抬眼注视着他,"这种会永远都是一样的。没完没了的发言、鼓掌、握手,名片递来递去。没有几个人在听别人说些什么。"

"你也没听?"

"我在想你,一直在想。一离开上海我就开始想。你不喜欢我这样?"枚乘温柔地将手递给他。

"谁知道呢,也许人们就在这样的相互思念中逐渐老去。"

"我老了么?"枚乘想从他的话中捕捉到些什么。

秦咏想了想:"我们都还不算太老。他来了。"

酒吧领班仿佛漫无目的似的走了过来。

"看见了么? 就是那个穿黑衣服的人,下巴很干净,像个女人。"酒吧领班白皙修长的手指在秦咏的眼前晃来晃去。

在大堂右侧的一个角落里,一群乐师在收拾他们的东西。

"哪一个?"秦咏微微侧过脸来,"看上去都像女人。"

领班启齿一笑:"吃宾馆的残羹剩饭吃的。"

他们在等这班人慢慢走过来。那些人穿着半新的皮鞋,但擦得很亮。

"他们每晚要干几个小时?"枚乘问。

"一个、二个,也许是三个小时。看他们的热情而定。"领班的脸上浮出讥笑的表情。

"真的?"

"当然不是真的。开个玩笑。"

秦咏抬起头察看了一下酒吧领班。刮得发青的下巴,考究的领结,强压下去的洋洋得意的神情。

"他们演奏些什么?"枚乘又问。

"各种各样的肖邦。"他见枚乘诧异地望着自己,便补充道,"各种速度的肖邦。"

"你倒是个内行。"秦咏插了一句。

"假内行。"说完他便走开了。

枚乘站起身。"等我一会儿。"

"我等着。我总是等着的。"秦咏觉得自己的玩笑是善意的。

虽然多少受了点那傲慢的领班的影响。

枚乘拿起手提包,向乐师们迎面而去。

将近晚上十一点,大堂里依然灯火通明,目光所及之处,样样东西全都一尘不染。

"请问,哪位是叶子光先生?"枚乘摊开双臂,挡住了这伙人的去路。

"你是谁?"他们中间个子最高的那个,嘴里叼着带过滤嘴的香烟,腋下夹着乐谱,双眼迷蒙地瞧着她。

"我这儿有一封给你的信,你妹妹的。"枚乘从旅行袋里翻出一本时装杂志,将其中夹着的一只航空信封递给手大指黄的乐师。

叶子光接过信,端详了一番信封上的字迹。"她跟你混在一起?"

"不是。"枚乘明确表示了不悦。

"那么是他?"叶子光用嘴里的香烟指指远处的秦咏。信很长,他不再理会别人。

其余的乐师从他俩身旁匆匆而过。枚乘抬起一只手:"再见。"并没有人搭理她。枚乘只能将目光投向那些意大利真皮沙发,仿明清风格的长案以及墙上挂着的撒满金粉的纸扇。

"他们为什么要挂这些玩意?"枚乘指着装饰用的爆竹、红灯笼、倒挂的福字。有一搭没一搭地问。

叶子光疑惑地抬起头。"过年呗!"

"过中国年?"

"在中国过年。"叶子光的额发重又垂荡下来。少顷,他将信塞回信封,往枚乘怀里一扔。

"这是给你的信!"枚乘声明。

"你替我收着。"

酒吧领班在远处向他们打招呼。叶子光朝他夸张地咧嘴一笑。

"他很瞧不起你们。"枚乘边走边往手提包里塞她的时装杂志。

"彼此彼此。"叶子光取出防风打火机又点上一支烟,"我是不是该谢谢你?"

"不必。"

"那么谢谢他?"他指的是秦咏。

"跟他没关系。"枚乘已开始讨厌这个人。

"那么再见。我会替我妹妹还钱的。但现在没有。"他将浑身上下的口袋拍打了一遍。

"我没时间再来。"枚乘说。

"你会有的。"他用一种无赖的面孔来对付她,"只要有钱,你就会有时间。"

枚乘无可奈何地回头望了秦咏一眼。

"怎么,他是个打手吗?"叶子光挑衅似的问。

枚乘没再说什么。她招呼秦咏离开了酒店。

她看上去一副男孩模样。平胸、窄臀,走起路来给人一种一蹦一跳的感觉。她站住不动时,就眯缝起双眼,微微扬起下巴,像一个得了沙眼的病人刚点完了眼药水。她与大多数患近视眼的人不同,看东西时,双眼像金鱼一样朝外鼓起。而她什么都不看时,才是一副标准的近视眼形象。

"你最大的愿望是什么?"有人曾经问她。

"像鱼一样用鳃呼吸。"

她惯于说一些令人莫名其妙的话。别人就是这么评价她的。不过,这一点刘凡可是从来也没有看出。每当回忆来临,刘凡只是觉得崔晶和自己都是那种喜欢追抚往事的人。

刘凡是从他妻子嘴里第一次听说崔晶的。

"你知道有一个叫崔晶的人吗?"

"崔晶怎么啦?"他记得当时没有丝毫热情关心杜逸以外的任

何人。在那年夏天,他妻子就是被称作身怀六甲的矫揉造作喜怒无常的那种人。她穿着厚厚的带蓝色条子的袜子在地板上走来走去,还不时用手很有风度地支着腰。他完全明白,这一举动是为了更深刻地揭示她那凸起的肚子的含义。

"你认识她?"他的妻子在他面前站住,很自然地将两腿稍稍分开一些,使自己显得更稳固一些。

"如果你需要,我就去认识她。反正我下午要上街买保胎药,这事我可以一起去办。"这下可把杜逸乐坏了。她是那种偏爱甜言蜜语的人。到了下午,他借故不再出门,她也不会有什么怨言。她马上坐到他的怀中,假装迫不及待地要和他做爱。

崔晶比刘凡的妻子小一岁,个头儿比他妻子高大。二十六岁的年纪,已经离了一次婚。据说她本来打算利用这段时间读完博士学位的。她喜欢对人说:"我是农民的女儿。"虽然,她的父母眼下都住在城里。崔晶通二门外语。刘凡估计是英语和法语。结果证明是英语和朝鲜语。她平时不戴眼镜,看电影的时候才戴。她不停地实施各种减肥计划。在刘凡的妻子看来,唯有这一点有悖于她的传统。刘凡也不再指望从他妻子嘴里听到别的什么更有价值的东西了。

她打算到他们家借住一段时间。刘凡的妻子单方面宣布这一决定之后,这位非凡的朋友就在他们家的门口出现了。

实际上,她只是把他们那本来就不大的屋子当成了寄存处。

"你丈夫是个好人。"她当着他的面对他妻子说。刘凡猜想她的意思是说他是个窝囊废。他帮她从楼下往上搬东西,一停下来便围着妻子嘘寒问暖。她好像很欣赏他们夫妇之间的略带夸张的亲昵劲。

她靠着窗户点上一支烟,似有若无地吸上一口,像一个男人那样微笑着,注视刘凡和杜逸。有一次,崔晶给杜逸挂电话,说是自己已经成了一个不男不女的人。杜逸大惑不解地望着刘凡,仿佛电话另一端的崔晶已经成了一个怪物。她本人认为,离开了那种琐碎平凡的日常家庭生活,长期处在一群漂泊无定来去无踪的朋友之间,她的性别就像中年人那样逐渐陷入了一种长期缺钙的状态中,成了必须密切意识的对象。这真是令人恐惧。而在这个电话之前,她曾经一边把她最钟爱的萨拉·沃恩插入录音机,一边对他们夫妇说:"我非常好色。"

那时,她真是他们在那有局限的、短暂的、自得其乐的生活中见过的最最坦率的人。刘凡和杜逸都喜欢她。尽管他们自认口味一般,对艺术所知甚少,但他们还是为能结识这样一位朋友而感到高兴。要知道,他和妻子都有一点小小的虚荣心,彼此之间多少总爱议论点附庸风雅的话题。而这正是他们当初互相仰慕的原因之一。

刘凡的妻子是热衷吃馒头的那类女性。在南方,这种人现在称得上是十年九不遇。在那么炎热的夏天,刘凡必须勇敢地逡巡于热气腾腾的蒸锅周围,围着她亲手缝制、被称作劳军用品的围兜,双手沾满了混合着鸡蛋的精白面粉,像个小丑那样手忙脚乱,同时还必须像小丑那样佯装无知。

崔晶进屋时,冲他哈哈一乐。仿佛好男人活该有此遭遇。

他的脸上沾着面粉,身体侧在门边偷听屋内两位女士的谈话。

一番窃窃私语之后,他的妻子开始抽泣、叹息、频频拭泪。仿佛那个刚被情人遗弃的不幸的女子不是崔晶,而是她本人。

他知道妻子会为众多事物所感动,对她同胞的婚事常常形同身受。而从崔晶的片言来看,事变似乎尚未发生。甩了她的那位,正是当初敦促她与丈夫离婚的那位,崔晶曾用仪表堂堂、容貌英俊一类的词句加以形容。这也只是情正浓时溢于言表的一种方式。

那么复杂的感情,他和妻子一致认为是他们难以领会的。

入夜,暑气逼人,那是一年中最热的日子。崔晶躺在他们的地板上翻来覆去。在刘凡的印象中,她总是在溽暑酷热中失恋。只把从她恋人家搬出的行李扔在房间的一角。他们夫妇两人本打算谈些有趣的话题,看她夜不能寐的模样,便没有了拖她去阳台纳凉闲聊的兴致。

在刘凡的记忆中,她总是善意地面对一切。她从不嚷嚷,也很少有咬牙切齿的时候,每当她陷入了沉思,那便是她最为痛苦的时候。她很少责备什么人,他想这实际上是因为他们夫妇与她还比较疏远的缘故。她待他们总是客客气气的,就像他们待她一样。她每次浪游归来,都会带一二件小玩意给杜逸,仿佛是提醒他们,她是一个客人,一个借宿者。

他们同处一室,但他觉得自己更像一个在屋外透过窗户往里瞧的人,一个窥视者。他看见一个陌生女人在他的家中走来走去,使他的房间变成了不能由他随意支配的场所。

他没有对妻子坦白这一点。她的朋友总是成为他的累赘,而她似乎尤为欣赏这一点。

严格地说,他的妻子也算不上是崔晶的朋友。她们相互结识勉强也能称作奇遇。结婚以后他才知道,自己的妻子是一个无原则地同情一切人的那种人。她那股子认真的劲头儿,使她的幼稚沾染上了几分可爱。她在一个中学时同过校的什么人家里,偶然撞上了正跟丈夫分居的崔晶,没说上几句话,当即夸下海口,解决了崔晶相当一个时期的住宿问题。那时她对后来将要发生的一切全然没有预感。

李尤是奉外祖父之命前去探查叶子光的若干不规矩之处。传说他最近勾搭上了一个花里胡哨、俗里俗气的妓女。外祖父在一则电视广告里见过这个女人,她抱着一只硕大的饮料瓶子,薄薄的嘴唇间发出啧啧的赞叹声,惹得七十多岁的老人对各种汽水全都充满了怨恨。

外祖父身板硬朗,一双大脚走起路来十分利索。他过于溺爱他这一对过继来的儿女,不能容忍任何对他们的伤害,他声称他的道德观使他无法坐视不问。他的邪恶的继子在一家据称是五星级涉外宾馆里为客人演奏中提琴。各种各样的曲子每晚来上那么一点,挣上大约五十元兑换券,然后回家。他就是在那儿搭上那个前时装模特儿的。

外祖父悲戚地对李尤宣布了必须准确传达的要点,就打发他去见那个忘恩负义的不肖子孙。从道德方面看,李尤对旁人苟且之事并无兴趣,只是因为他没有正当职业,赋闲在家。外祖父在遍查他的全部子嗣的档案之后,将这一绝不轻松的工作派给了他。

不过,他也乐意前去,并打算在较明亮的灯光下,凑近瞧瞧那个模特儿。

叶子光是个浪荡子,这一点,虽然远近闻名,但一般没有真凭实据,更多的事迹来源于他疑神疑鬼的妻子的想象。

李尤念小学时曾经有幸目睹他表演提琴杂技,他叼着香烟,逐个糟蹋作曲家,那样子多少像个二流子。他喜欢在西服里面衬一件白色圆领汗衫,或者在皮夹克里穿一件跨栏背心。李尤始终无从领会他的时装美学。

他的纤细的手指在琴弦上移来移去,让人觉得他是在抓挠什么东西。这一切在李尤看来根本无法打动女人的芳心(他的尖嗓门的妻子除外,她的鹤立鸡群的形象,很难找到合适的男人与之相配)。

李尤认为,他之所以欣然接受外祖父的嘱托,理由之一是对音乐一窍不通。免得叶子光用几个世纪积累起来的小蝌蚪来蒙骗人,他才不管什么古板主义和浪费主义呢。他知道这个玩笑不近人情,与他的常识完全背离。但他就像在床上躺久了的人一样,根本无力批判他对音乐的嘲弄。一想到音乐他就四肢麻木、浑身乏力。

总之,李尤与这位风流的宾馆提琴师交往甚少,一年半载也难得碰上一次,偶尔见面,也是因为一些鸡零狗碎的事情。譬如有一冬季,叶子光因为不便言说的原因,托李尤把他的本科文凭送至一位装腔作势并且肥硕无比的女人之处。据悉,那个巫婆用它投奔了一家四星级宾馆的大堂。令人难以理解的是,这两位提琴手就造型而言无丝毫相似之处,不知她在老外那儿是怎么瞒混过关的。即使琴凳对她都显得太脆弱了点。李尤曾恶意地想,钢琴里头那绞紧的钢丝做她的床绷倒还差不多。令李尤气恼的是,叶子光总是和这类妖形怪状的人搞在一起,而他总是被迫去觐见这类人。

不过,只要仔细考虑一下,他还是有其正派的一面。例如,他经常捐些破衣烂衫救济走街串巷的灾民,时常会在街角的大字横幅下花两块钱买一张社会福利奖券。他声称这种公益心只不过添砖加瓦。作为儿子他有其封建性的一面,所以他总是避免让他的父亲撞见他的劣迹。作为丈夫,他纯粹是个混蛋。但是作为兄长,对于子云他倒是一腔柔情。

李尤花了半天工夫才找到了那位汽水女郎的家。千篇一律的公房中的一间,六层中最高的一层。客观地看,走廊是个废物仓库,肮脏而又凌乱,蛮适合胡乱交媾的人在其间通行。空气中含有石灰水和烂稻草的气味,并且隐隐传来萨拉萨蒂那著名的小提琴曲。

李尤心想,妓女是个挣钱的行当,买一把名贵的小提琴算不了什么。虽说叶子光获得了娼妓之爱,但这并不是荒废他的抓挠本领的借口。他有他的敬业态度。何况,所谓妓女、暗娼只不过是流言蜚语。当然,他从来都是乐于听信谣言的。

来开门的正是那位模特儿。要判断这一点毫不费力,电视里尽是这类支棱着胯骨的高挑个子。她披头散发地站着,等着她的"客人"出来辨认李尤。他不在乎这种待遇。她确实身材出众,是那种百里挑一的货色。他暗自对她大为不恭,并不妨碍她漫不经心地站着。

上 海 流 水

某月某日

由大屿山飞虹桥,厦门航线空管,航班延误。

某月某日

接父亲出六院,医院收了八元消毒费。护工生着气拿走了五十元。

某月某日

去虹口医院看母亲,咳嗽,但是病情稳定。

要给陈贤迪交回公务护照。

晚上和扎西多和本在圆苑吃饭,还有他们的女儿。喝了汤,但是剩下整只土鸡。他们说也许会回北京住一年。

外面开始下雨。侍者打着伞,跑到路口,为客人招呼出租车。

饭后一同去尔冬强的汉源书屋,王晓明、毛尖和巴宇特已经在那儿。书屋里的陈设微微搬动过,但是和一个月前韦大军来拍纪录片时没有大的变化,和一年多前为肖丽河去耶鲁饯行时相比,只是那架旧钢琴由中间移到了墙边。再往前,已经不记得了。

巴宇特是初次见,戴锦华式的,在世界各地转了一圈,说普通话依然字正腔圆,说是娜斯要来,和毛尖是一对电影专家。我不敢再写电影眉批。他们还要去瑞金宾馆的FACE酒吧。兴安请我在那儿喝过几杯,昏暗,冲墙有一张可以躺着抽大烟的大床,这是一个比喻。兴安说这是卫慧介绍的地方,她喜欢,这是后来她自己说的。

但是小周在家等我,便先告辞了。

拿着商务印书馆的口袋走进雨中,中午给小胖子送去带给他的礼物,就用这香港的书店的口袋装了上海盗版的DVD。先前王晓明说他也在香港买了一套奈保儿。两天前我还在香港中央图书馆的讲台上挨着他并排坐着,谈论着上海。历史记忆。这是廖秉惠的语汇。

原先在香港的讲题是对奈保尔的小说的戏仿,《小半生》。会议主持梁文道介绍说有意思,但是我没有说,岔开了话题,讲什么时间上的双城——"文革"十年和90年代。也不知道为什么。

奈保尔,一个对印度怀着复杂感情的男人。另一个是拉什迪,他说"印度的"这个词正在变成一个扩散性的概念,我想"上海"这个词大概也是。"我们……是有缺陷的生灵,有裂缝的眼镜","……是一种不完全的存在,是偏见本身"。这是两个值得反复读的示范性作家,还有介绍他们的诗人翻译家黄灿然。遗憾的是在香港没能见到他。我没向人打听这位同样具有示范性的作家。

大家在电梯口辞别,嘴里都是啤酒味,那是在告士打道狄根斯酒吧看球时灌的。土耳其赢了。一个由东向西的国家。周围的人随着比赛的进行在叫喊,我不知道自己希望谁赢,我也不知道其他人希望谁赢。我喜欢一个人在家中看球,一个坐着的白痴和一群在发光体中奔跑的白痴,两个小时很快过去,中间上一趟洗手间。

双城记,正经是一个好名字呢。

在地铁里见过一个女孩子,高个,时髦的平胸,至脚踝的长裙挂在腰下,绛红色。头发松松地绾在脑后,脸上兼有香港女孩的矜持、上海女孩的骄傲和北京女孩的热情,她够黑,也许是从菲佣中脱颖而出的一位。那是上午十点,她浮肿着脸走出中环站。掠过HMV的店招,在去往兰桂坊的斜坡上消失。这是在香港观察的唯一一个陌生人。她使我想到其他一些事物,那些在成年以后,移居其他国度的作家,从他乡眺望故乡,希望接续"中断了"的"肉体的感觉",寻找那些消失了的街道。

此时此刻,汉语写作,是某种意义上的印度,是一个文学的次大陆。

那个背影,使我想起的作家不是朱自清,而是程小莹,他有记忆的天赋,为我们重塑70年代的上海,一位神经末梢的大师。启发我们观察一个业已消失的时代。这是我看到的最亲切的追忆,他的新小说是《温情细节》。这个书名太谦虚了,难道他是想叫别人忽视它?

我知道,是什么东西使我们从旅行中平静下来,日常生活中所有那些令我们厌烦的熟悉的感觉,会使旅途的疲劳变成精神性的瘫痪,我终于回到那令我们舒服的、基本妥协的生活中来了。

上海之夜,在它夏季的雨中,在一瞬之间,让我在对香港的短暂回望中,终于唤醒了我的知觉。

黄灿然曾在接受采访时说,他花了很长时间才使香港的风物自然地进入他的作品。但是怎样才能使上海的一切妥帖地进入我们的笔下呢?

出绍兴路向左拐,对面曾有一家台湾人开的"没落意识"咖啡馆,陆灏经常招人在那儿雅聚,如今早已是换了主人。在那儿见过董乐山先生和他的夫人,他优雅地感谢我赞扬过他译的菲力浦·罗思的《鬼作家》,我哪里敢夸老先生的译文。我写短文表示仰慕,也许是为了博他一笑。

从瑞金南路直走,到复兴中路向西,全是单行道。停在茂名南路口,等对面的红灯。左侧,JAZZ AND BLUES 的大门虚掩着,这是林栋甫开的酒吧,但是这会儿在门口招呼朋友的是他的夫人淞岚。

混合着成年人的柔情(别嘲笑仅有的几滴眼泪)、音色纯净的演奏会钢琴、戴眼镜的尼古拉斯——纽约请来的白人钢琴师、SCOTY——旧金山来的黑人歌手。很棒,但是还有更棒的,冰镇过的二锅头、咖啡白糖柠檬片、龙舌兰酒饮法。酒吧的次大陆。

一个寻找 JAZZ 精髓的人,徒步走通密西西比河,(在此,"走通"这个词来自陈村。)对人世的哀伤怀有敬意和醉意,在他高兴时,会为客人唱上一曲,浑厚的男声。令人想到另两位上海的男声田果安、COCO,爵士的双城。另一个比喻。就像爱灵顿公爵的名言:"纽约不是我的家,它只不过是我存放信件的地方。"

这种时候,坐在小圆桌旁的张建亚会来上一句"咯者了掉"。谐音,要找人翻译。

出租车司机问是否要避开衡山路,这是让我两难的问题,避开,绕路;不避开,堵车。好在过一阵,就不用再走这条路了。右侧,欧登的地下车库前,等候客人的出租车司机,在霓虹灯下斗殴。斜对面,BORBON STREET 的白色大房子,原来是 704 研究所的医务室,张旭东曾说他小时候和人打架打破了头,他的母亲就领着他上这儿来上药。深夜,大家无奈地等着。

有一句话,在这儿,不通法文的年轻人十有八九也明白,他们会用临睡前的倦慵口吻说:C'EST LA VIE。

某月某日

你日食一样戴着眼镜——台词,这是很棒的夏季观察。

这个夏季,感觉又回到了 80 年代。是因为炎热,父亲又住进了医院。

街上乞讨的儿童,席地的肢残者,在某处总可以看见。

每个夏天,我都会想到1989年……

1989年,夏季,慕尼黑。贾克·路西耶演奏的爵士风的钢琴巴哈。在街边随手买的CD,我最爱的两种乐风。它们在一起,或者不在一起,我都爱。就像常拿来开玩笑的海明威笔下的对白:

杰克,我们要是能在一起多好啊。

这么想想不也挺好吗。

某月某日

《太阳照常升起》。这也是一部关于夜晚的小说,爱之夜晚。拿去,可以用来逗失恋的年轻人开心。

某月某日

晚,又是在绍兴路。这次是在许德民专营抽象绘画的角度画廊,屋里有刺鼻的油漆味。王小龙和上海电视台纪实频道的一伙年轻人,说是想请一些作家拍纪录片,DV或者广播级的设备都可以用。说是任仲伦建议的。

其中有一位刚拍了扬州奇人——杨明坤,《皮五辣子》,我爱扬州评话。这则听江海洋说过片段,有一晚,在吴亮漂亮的新居,黄子平笑得一夜没合拢嘴。子平是平易乐观的,同时也是深情的。听他讲张爱玲小说中的衣饰问题,引用《诗经·鄘风》对卫夫人出场的描绘:如山如河。试问,《诗经》以降,谁敢如此赞美女人?又有谁当得起?

说广州有一处楼盘叫"山河居",和朋友戏言,可以推荐给想取悦二奶的人。

多年来,朋友们靠着海洋戏仿的各类方言在意识形态的迷雾中穿行。算不上指路明灯,但是在饭桌上十分"拉风"。

罗兰·巴特认为,灵性、反讽、优美、欣快、安乐……皆是养生术(屠友祥译文),而激情是一种类似崩溃的东西。

某月某日

天气又使我想到不久前的香港之行。这个弹丸之地使我成了滞后的祥林嫂。

闷热的午后,许子东驾车载我去浅水湾喝茶,半山的景致,几张唱片来回放着。优美。我喜爱慢,缓慢,联想到词牌和庐山,和我懒散的天性吻合。许子东说,灵哦?想买哦?想买,但是体味的是车。在速度中才能体会的 ADAGIOS,慢板,暑热中向后掠过的景物,就像我喜欢的京戏的紧拉慢唱。

我想起了什么?那个样板戏的年代极其微澜。

ADAGIOS,慢板。DECCA 双 CD 的创意之作。巴洛克、小提琴、圣诞、莫扎特、电影、罗曼蒂克、维瓦尔第、罗曼蒂克钢琴……其中,我在上海的街头买过盗版的莫扎特,盒内只有单张。和安哲洛浦洛斯的影片《尤利西斯的凝视》中的中提琴配乐一样是我的最爱。

文艺闷片,舒缓,像生活一样慢。那张唱片是小赵送的礼物,如今随小袁去了英格兰。

见过一组希腊人,作家、外交官、教授,皆称自己是安哲洛浦洛斯的朋友,在浦东的贵州菜馆里说是会转达我的问候,叶辛和王安忆在座,笑而不语。这类餐桌上的友谊,永远都会带着微笑。窗外是浦东工地壮观的夜景,黔香阁——贵州是叶辛知青时代拉手风琴的地方。

一如在雨中,在上海的雨夜,潮湿而迟缓的车流中,从延安路高架拐向外滩时,许多人都有的那开朗的、左转向下俯冲时的一阵心悸。我听到爵士乐歌手的一声低吟。

某月某日

晚,连续闷热之后的一个微风之夜。

马振骋先生请饭,虹桥人家,丰盛的一餐。饭后步行去不远处他的新居。就像陆灏说的,新居应该请朋友去"吸毒"——装修时代的玩笑,不会引起误解吧?

从马先生的北窗看出去,是太原别墅上空开阔的夜景,繁灯闪烁的市中心就在眼前。周忆指着楼下说,这是江青去延安前住的地方。俗称马歇尔别墅。

左侧,一处目力不可及的地方,东湖路嘉丽苑对面,绿树中掩映着新开的大公馆,提示:在上海话里,大和杜月笙的杜谐音,小宝说后者工商局一定不让注册。传说过去这里是王洪文打牌的地方,再往前,谁想知道? 一个新的旧,已经要盖过旧的旧。

开业那天,受邀前去凑热闹。我们一堆人在院子里等开饭,屋子里有咏叹调和二胡曲,高低错落,估计是这城里一流的东西。里面的脸都是电视上的,比起不常见的亲戚,我们和他们更熟。

试营业时,我和三两同好来喝过一杯,经理在安排包场,自动钢琴奏着爵士乐。以我的业余的虚荣,看见钢琴就想用爪子去挠两下,为杯中物助兴。

从前,在莫斯科普希金纪念馆我就干过这事,也是这种大宅子,甚至更大。大厅里的一架演奏会钢琴。我无心多看普希金的老师茹科夫斯基家里的桌椅板凳,兀自放肆起来。管理员,一位老太太,向钢琴走来,我以为是要驱逐我,但是她慈祥的眼睛里居然含着泪花。在她熟悉的旋律中,在异乡人的身上,她听到了什么?

某月某日

马先生在译米兰·昆德拉去法国后写的《缓慢》,我读过港台的译本。昆德拉在书中讨论了《没有来日》,一本18世纪的法国小说,侯爵夫人在和年轻的骑士分手时用了一个词,嘱其在回到他的女人身边时,不要CONFONDER。风雅。马先生推荐,在古法语中该词有使受挫败的意思,依次还有使惊讶、使窘困、使混合的意思,不要混淆、错认,混淆两个相似的事物……这些词典上都有,但是"侯爵夫人"用得棒,和拉克洛的《危险的关系》有一拼。

问过郁白及其周围的人,说是昆德拉的法文一流。

此人买了大幅上海画家的作品,卸任去了伦敦。便宜,因为我是外交官。他说。

这使我想起了另一个多年不见的老相识,歌德学院的阿克曼。他隔三岔五来上海,晚上我们总会去撮一顿,他买单居多,公款消费嘛。这些北京词和中国概念都是阿克曼爱用的,而且用得溜。一次和他一起去给人送合同,摸黑上楼时,他开玩笑说:知识分子怎么睡得这么早?

泛而言之,上海的知识分子比一般人要睡得早。

王小慧陪汉堡的作家来座谈,说她最近在法兰克福书展上见过老阿,正在推广卫慧的小说,他是张洁的《沉重的翅膀》的译者,那是十多年以前的事情了……

认识他也是在1989年。

某月某日

和小周、甘霖、小朱一起去新都里吃饭,新开的那家在巨鹿路,昏暗、高空的射灯、升降机……监狱风格,这话你就当是伍迪·艾伦在拿男女关系开玩笑。进门撞见许敏、素素领着《安家》的人马在用餐,那个当过飞行员的摄影师肖全也在其中,难怪在"监狱"的门廊上,有人在摆弄照相机。多年不见,他哪儿都没变,真是奇怪。

菜肴精致,尤其是一款"格格前菜",小朱说下次来要肩上架着鹦鹉,准确地说,这菜是用来喂鸟的。顺便说一句,这家店的店名是"无一"。猜想它兼有独一无二和没有第二口的意思。

"邻桌的狱友"在以最八卦的腔调议论最热的新闻,陈宝莲在南阳路跳楼自杀。一时间短短的南阳路挤满了三地的摄影师,有本地的热心人士为自称来自港台的记者指路:喏,波特曼后头,

"三十年代"斜对过。晓得哦?就是白桦(《苦恋》)、陈钢(《梁祝》)、沙叶新(《陈毅市长》)开的。一问就晓得了。

这是卖水果的就互文性所做的最新研究。

但是,还是让死者安息吧。

某月某日

一大早,被电话吵醒,没开灯,开了电视。看见大卫·科波菲尔在广州接受水均益的访问,水先生用虚拟语气说,他的朋友想知道大卫的秘密,他得到的答案是:知道魔术的秘密,就像开车看见了车祸。

某月某日

新疆之行归来,宝爷招饭局。席间言及往返喀什之空中险情,渲染飞行之可怕。在南疆时,许老师就发短信来定义了我们的新疆之行:"没有艳遇的旅行处处受阻。"钱文忠在对面幽幽地说:我早就戒了飞机。次日他要乘火车去香港开会。不知道他是否真的坐了,坐几十个小时的火车,不是谁都受得了的。只要他在,旁人只管吃菜喝酒,吹牛的事归他。

某月某日

接陈丹青电邮,放假他去纽约数日。建议读以赛亚·柏林之著作。翻出《反潮流》及《柏林谈话录》。

——因为他无缘分享柏拉图式的理性官能,他无法相信有永恒的、不可改变的绝对价值。关于赫尔德最先说明归属于共同体是人的一种本质的需要。而与赫尔德的清晰相反,黑格尔之后,二战之前,德国哲学那种模糊不清、文绉绉的写法,好像是在黑夜中、在大海底下写作。妙喻。

某月某日

徐累驱车从南京来上海看双年展,随车驮来了他的《花天水地》——陈丹青称此画有"堕落之美"。1997年彼楷尔先生出版《呼吸》的法文版时,选了徐累的另一幅画作封面。以私人感受而言,那就是为《呼吸》画的。那时候徐累就答应送我他的作品以作纪念,这位美男子践诺而来,可说是年中大事。陈丹青称徐累的画蕴藉斯文、娴雅僻静,高贵而消极。徐累本人给我的感觉亦如此。与《花天水地》同来的还有他的新画册及陈丹青的序——写于1999年的《图像的寓言》。

此画已挂在我书房中,那水中白马的眼睛每日瞧着一个半慵懒半勤勉的读书写字之人。而那人则瞧着马背上的"青花"——"乖谬而优美"。

徐累离沪后,我想起另一个蕴藉斯文、娴雅僻静的人——南方有好些这样的人——王道乾先生。他辞世后,我收到他翻译的《驳圣伯夫》,扉页上是他的遗孀的笔迹:遵王道乾先生生前嘱托……我记得那个寒冷的下午,在美丽园,胡兰成旧居一墙之隔,周忱领我去拜见这位杰出的翻译家。他送我兰波《地狱的一季》,以及答应送我彼时尚在出版社压着的普鲁斯特的犀利著作。转眼,普鲁斯特《寻找失去的时间》的新译也已经出版。在为周克希先生举办的"普鲁斯特之夜"晚会上,我们还尝了一口小玛德兰点心。

某月某日

马惜戈从纽约寄赠拉什迪小说《撒旦诗篇》一册。想起十多年前甘霖的同学寄自伦敦的拜伦传记。后转赠给Z,以及Z回赠的《飘》。这些转来转去的书籍,令人心生感慨。晚间,取出惜戈的父亲马振骋先生翻译的《要塞》来读,在《今天早晨,我修剪了我的玫瑰树》一章中,圣·艾克絮佩里写道:"我想过在你心中建立朋友之爱,同时我又使你感到朋友别离之苦……看到园丁跟他的朋友交流那么幸福,偶尔我也会想根据他们的神去跟我的帝国的园丁联系。"

某月某日

柯丁丁着快递送来他在巴黎获奖的纪录片《盛夏的果实》。

但是我的录像机已经不知去向。

《耶稣受难记》,看了三次才看完全片。无言以对。

马惜戈的邮件,转述奥斯卡·王尔德1900年之前的观察:"从前是文人写作,大众阅读。今日是大众写作,无人阅读。"正在给《外滩画报》写关于昆德拉小说的访谈,想起那句老话:文化总是如钟摆一样来回摆动。

某月某日

迈克尔·伍德的《沉默之子》,去年购自季风书园,由宝爷和老严合力举荐。回来压在书堆中,今年无意间于抽水马桶上翻开。也许书名太沉默,差点错失了。译者顾钧先生态度之诚恳,使人顿生敬意。他译道:"经验的可传达性正在减退。因此我们对自己或其他人都没有忠告可提供。"这是针对说故事的人为读者提供忠告所说的。而这故事已经是爱德华·萨义德所谓的"破碎叙事"。

这部论述西方小说的愉悦之作,以我孤寡之见,可比勃兰兑斯《十九世纪文学主潮》、马尔科姆·考利《流放者归来》、莫里斯·迪克斯坦《伊甸园之门》、安东尼·伯吉斯《现代小说九十九种》、西诺里·康诺利《现代主义文学一百年》。它的优美精妙甚至使我想在这里把它抄一遍。

——一个词若有两种意义,巴特喜欢把它们同时保持在视线之内,"仿佛一个在对另一个眨眼,而那个字词的意义就在那一眨眼之间"。伍德认为,这种在字词的普通意义和特殊意义之间穿梭的观念对我们很有用。批评和理论不会对我们有话直说,就像古城看起来不会像是最新式的郊区。

生命中难以承受的不是存在,而是作为自己而存在。

迈克尔·伍德在评论昆德拉时援引昆德拉的话。他认为有些时候,昆德拉的小说读来像是大惊小怪和半吊子的社会评论。

某月某日

陈源斌盛情相邀,赴龙泉"论剑"。自丽水沿瓯江至龙泉,景色瑰丽,交通困难。在凤阳山小住一夜,购并蒂莲碎瓷对碗一组,得赠宝剑两柄。此地老少皆会李白诗句:腰下有龙泉。龙泉剑、哥窑青瓷,坚硬和脆弱的两极,均从火中而来,令人小生感慨。返程途中于金华午餐,席间没有火腿。

在杭州转车,仓促不已。想再游杨公堤宜人胜景,不能如愿。

某月某日

应邀去观赏《可可西里》在上海的首映,见到陆星儿生前多次想要引见的陆川。场灯亮起时我在想,电影业仿佛是一个秘密行业,有些人从中"离开",平安地度过脱敏期。他们了解电影的秘密,但是又不再为那些所谓的行规所制约。陆川就是其一,与他的前一部影片的合作者姜文一样。

某月某日

宝爷在妈煮妙设宴。这是钱文忠举荐的地儿,号称点心小吃海上第一。席间孙良赠新画册一本,所有我心仪的作品尽在其中。

张老师、林老师在外艺术,派家属出席,并携来"娱乐新闻"一则,某报选出海上三君子,在座的宝爷不幸中的。宝爷面有愠色,闷头喝酒。众人举杯,声言绝不扩散喜事。

有朋友说明年初要去意大利出差,睡前便找出阿城的《威尼斯日记》来预热。阿城的急智是这样的,去年冬天,一日,从陈村家出来,一堆人挤在电梯里,阿城低头看了一眼,言道:这鞋不错。我说:便宜。阿城说:那就更不错。

阿城写道:"如果我们能赚到钱的话,可能是老天爷一时糊涂了……有记者问中国人何时能得诺贝尔文学奖,木心答:译文比原文好,瑞典人比中国人着急的时候……又到浮码头小饮,麻雀像鸽子一样不怕人。一个老人久久坐着,之后离开,笔直地向海里走,突然拐了一个直角沿岸边走,再用直角拐回原来的座位,立在那里想了一会儿,重新开始他的直角离开方式,步履艰难。老?醉?也许觉出一个东方人注意到他,于是开个玩笑?其实这个东方人在想,自己老了之后,能不能也拐这样漂亮的直角。"

笑了半夜。

某月某日

丽贝卡·米德引用詹姆斯·米勒的评价,称齐泽克是从天而降的第欧根尼。齐泽克说的小故事三则:

电梯的门——"电梯的关门钮无法加快关门的速度,它只是给按动按钮者提供了错觉,让他们觉得自己的行为富有成效而已。"——"在精神分析的层面上揭露资本主义左右公众想象的方式。"吴亮在乌鲁木齐的宾馆电梯里就质疑过。实际上,新疆的电梯和别处的电梯一样,按动关门钮,电梯门是被加快关上了。

巡逻的士兵——前南地区的政治笑话。戒严之夜,两个士兵在街上巡逻,见不远处有一匆匆赶路的行人,一个士兵举枪撂倒了他。另一士兵不解地问,现在离十二点还差二十分钟,你怎么就把他打死了呢?士兵回答:我认识那人,他住得很远,二十分钟根本就到不了家。

萨迈拉之约——今天世界的热点地区,关于古代巴格达的传说。一仆人在集市上撞见死神,慌忙逃回家去,向主人告辞,逃往萨迈拉。后主人在集市上遇见死神,说了此事。死神说,我和他约了今晚在萨迈拉会面。

季广茂在评述齐泽克时写道:在马克思那里,意识形态就是"虚假意识"和"错误观念",它源于社会角色的阶级立场:不同的人由于在经济生产中所处的位置和利益关切点不同,故而形成不同的"观念"——既包括真实观念又包括虚假观念,意识形态是特定的社会阶级为了最大限度地维护自己的阶级利益而扭曲真实的现实关系的结果,是"利令智昏"的真实写照。

类似这种时候,齐泽克的一位密友说齐泽克通常会这样说:"我倾向于认为,结论与此截然相反。"

莘庄。老沪闵路,一条老路,除了在铁路道口建了隧道。和二十年前差不多,尘土飞扬,几无变化。圣特丽别墅。剑桥景苑。外出寻访那些建筑工地(……一种永恒的工地状态的激情……法国人在评论让·艾什诺兹的小说时这么说),近十年来的小娱乐,一种介于幻想和现实之间的辨识活动,比幻想近,比现实远。

某月某日

金汤池。一些人拉家带口结伴去搓背,难得一见的景象。蜂蜜、浴盐、牛奶。奢侈的体验。浴后大厅里上百人的睡衣晚餐,难得一见的惯常景象,公社式的都市休闲活动。

某月某日

移动后的上海音乐厅,奥地利莫扎特管弦乐团的演出,莫扎特作品,244号等等。奥地利式的矜持、冷漠和不耐烦——奥地利与我何来如此印象——依照流行的诠释,在莫扎特的音乐中没有这种东西。想起另一个喜欢谈论、演奏莫扎特的人——傅聪,在移动之前的这幢建筑里,听过一场他的演奏会。他不断地捋着油光闪亮的额发,在差不多每一个乐句的间隙。他的新书《望七了》,倒是一个顽童式的、莫扎特式的好名字,他在此书收录的访谈中说,他在演奏时头发几乎纹丝不动。好像是他说过:贝多芬奋斗了一生所达到的地方,莫扎特生来就在那儿了。费了九牛二虎之力,音乐厅移到了的地方,看上去倒像是它该在的地方。谁知道呢?

入场前,围着被垫高了的建筑转了两圈,见识了原先淹没在民居中的建筑侧面——如今它被修缮过了。休息时,在西侧的露台上喝水。夜间已经有点凉意,四周是新植的大片树木。几个西装随从,领着几个西装官员参观挤满了观众的露台,随从比较礼貌地请观众为官员闪出地方,那礼貌中带着一点不耐烦。观众也比较礼貌和比较不耐烦。比起彻底的驱逐和完全的不耐烦,随从还是克制了他们的不耐烦。至于那些官员,在他们的脸上,你永远也看不见他们的不耐烦。

某月某日

为吴亮的新书封底写的广告词:"他将繁杂的世界及对这世界的描绘熔铸于独特的个人风格,并以一种雄辩的语调将他的沉思默想彰显于世。"这样写时,我好像是跳回到了二十年前。

看DVD《人性的污点》。台词:"1998年是伪善的一年,在恐怖主义来临之前,克林顿在白宫搞了实习生莱温斯基……"

某月某日

老严寄赠艾柯《带着鲑鱼去旅行》一册。先前在季风书园已购得一册。艾柯称这些为文学杂志写的专栏文章为"小纪事"。读后令人笑得岔过气去。想到另一个解构高手的小传闻。上个世纪90年代,斯洛文尼亚总理要齐泽克考虑出任政府部长一职,问他:你想要科学部还是文化部?齐泽克告诉他:你疯了?谁要那堆破烂?我只对两个位置感兴趣——内务部部长或秘密警察首脑。这则传闻是拉康式的还是弗洛伊德式的?这算是对传统阐释的颠覆还是新的阐释学?在言必称政治正确的今日,此人认为自己在政治上是极不正确的。他就男性同性恋问题发表的高见如下:你证明说,同性恋有违人的天性,那么我可以说,同性恋是纯粹精神性的。任何一个白痴都能顺其天性,既然如此,难道这么说不是真正伟大的事情吗——我是如此的爱你,以至于为了你,我可以违反一切自然规律。

某月某日

草婴翻译生涯纪念会。路极堵。迟到。令人厌烦的交通。世界城市之路,或者是贫民窟之路。通往孟买、加尔各答、里约热内卢。谁知道呢?这是电视财经节目里口若悬河的郎咸平忧虑的事情。那些成群的小汽车,在废气中看上去像是一群自行车。

请草婴先生在他的译著和文集上签名留念。曹元勇说文艺社赠托尔斯泰小说全集一套。

郑体武留下手机号。

郑宗培为我们介绍俄国汉学家李福清。问我们在俄国有没有见过,他的面貌像极了电影中的捷尔任斯基。

某月某日

找出上个世纪80年代写的笔记,整理出那时写的诗歌三十八首。有朋友说有五十首就可以出一本诗集。也许一百首比较合适。希望如此。

某月某日

明晨有西班牙德比。已经无力捱到五点,睡到那时也起不来。错过了。巴塞罗那三球胜。电视转播的足球赛对我来说已经成为鸡肋。

某月某日

《日落之前》(before sunset),九年之后的另一个故事。《日出之前》(before sunrise)之续篇。从维也纳到巴黎,吉他伴唱的华尔兹。老了的、微笑着的女主角,在中景里还是那么妩媚。极喜欢这影片。巴黎的景色,完全的对话。法国传统。

读《米沃什词典》。"有时候我觉得我浪费了自己的一生。"

继续整理《少女群像》。

晚上徐峥在金锚请客,宝爷买单,林栋甫的雪茄,罗密欧与朱丽叶。几年前,澳洲新南威尔士的一位不知其名的官员送过一大盒这种雪茄。菜不错。席间,女服务员上前索取签名。徐峥签了徐峥,林栋甫签了林栋甫,宝爷签了江海洋,我签了沈晓海。哦,"漂浮的能指"。这个玩笑过了头了吗?

某月某日

艳阳红火锅。那个长得像袁世海的经理从虹梅路转悠到了金汇路。还好没人在边上唱京戏,就像进了上海的其他餐馆,幸好边上没人高声讲英语。谢天谢地。吃了一顿安生饭。

某月某日

晚上起风了,降温至五度。糟糕的日子开始了。

某月某日

上午曹磊来电话,说是意大利镇的图纸出来了,约了晚上去他家。

继续读齐泽克。"女人是男人的征兆。为了揭示这一点,我们只要记住弗洛伊德常常被引用的那个著名的男子沙文主义的名言就够了:女人实在是令人难以忍受,是永恒麻烦的源泉,但她们依然是我们所拥有的那一种类中最好的事物;没有她们,情形会更糟。所以,如果女人不存在,男人或许会认为自己就是确实存在的女人。"

某月某日

川国演义聚餐。陈村召集的菜园小农。

去曹磊家取了《di》,新浦江镇的概貌大致在此。内庭式住宅,据称源自古罗马庞贝城民居院落、四合院和水城威尼斯的综合体。

曹磊介绍了若干人读了的《少女群像》。

聊到书面语,文言和文言文,白话和白话文,为了白话文之后的现代汉语的书面语的写作(曹磊称之为一种二度的书面语),文体、看不见的文本。马可波罗和忽必烈的谈话,向他描绘一个似乎是不存在的地方(对忽必烈来说),由此引出的卡尔维诺小说《看不见的城市》,等等。

二十年前的事和人,人的面孔由青年变成了中年。写作及对写作的关注,对经典的体认,而并非只是对现实(当下？物质性？)的反映。通过写作活动,书写已非纯然是它所描述的事物的对应物,也是对它同时代的写作的反映——此处的"反",也是反面的反。关于非虚构写作的思考记录在为《万象》写的奈保尔《半生》的书评《天堂存在于失去之后》里。

网上的照片反映出今晚精神状态不佳。那地方环境不错。搬的人情,店主请客。

某月某日

宝爷来电话,三日晚李容请客看他写的新戏。买了一套沟口健二的电影,十部,以及四部烂片和一部稍好的西班牙电影。

某月某日

数日没有写作。中午有多年不见的朋友来电话,放假回沪小住。找个时间请她们吃顿饭,以表谢意。在陈村的菜园里看见杨小斌做主持人的照片,嘴唇嫣红。陆灏来电话催稿子啦。好吧,开工。

某月某日

去看李容写的新戏,改编自慕容雪村的小说。当戏中三名新经纪人反目成仇拳脚相加举杯诀别时,响起了刀郎翻唱的庆典歌曲《祝酒歌》。今天新经纪人金钱成功的个人庆典事实上正是近三十年前李光羲深情吟唱的逻辑结果,其间包含的个人污秽从反面加深了这首欢快歌曲的悲凉之意。

意绪无穷,感慨千般的夜晚。

某月某日

在季风书园遇见一很久不见的熟人,我都不知道该怎么称呼。

他兴奋地说将要去阿根廷、美国、巴西,还有一大堆耀眼的国家。使我隐约想起托妮·莫里斯小说中的人物。她认为自己把人生搞得一团糟是因为自己"忘了"。

忘了?

忘了它是我的。我的人生。我只是在街上跑来跑去,一心只希望我是别人。

新华社《瞭望》周刊记者黄小姐来电话,采访关于文学评奖的看法。每年在世界各地有几千个文学奖在到处颁发,你能有什么看法呢?兴许是要过年了。《上海一周》的吕正来电希望推荐五个上海有意思的去处,凑了四个。普鲁斯特之夜,译文社为周克希先生的新译本《寻找失去的时间》举办的晚会,贡布雷的幻灯片,作家和翻译家的朗读,葡萄酒以及小玛德兰点心,一个聆听的夜晚。上海音乐厅。波切利在上海的演出,天籁,我在上海听到的最美的演唱。龙柏饭店进门右侧酒吧的露台,陈旧,下午晒太阳的好地方,隔着花园,汽车驶过的声音似乎被处理过了。这些地点,或者某种声音存在过的地点,都和声音的印迹有关。第五个怎么也想不出来。

中午,译文社的王洁琼来电话,告知菲利普·罗斯的《垂死的肉身》出版。会寄来小说和为此书中文版所作序言的稿费。

昨晚和友人重看影片《查令十字街84号》。未曾谋面的书友之爱,由对书籍的日常之爱而来,普通人对文学的卓越见识,刻画了不能实现的幻想所激发的深沉感情。当然,还有约翰·邓恩的感人的诗篇。

某月某日

昨日晚间,读陈东东在《收获》上发表的纽约随笔,有大家风范。

和友人聊及年中绍兴之行,找出胡云翼选注的宋词来读。陆游的《钗头凤》,苏轼的《江城子》。还是那句老话,生离死别都叫古人写尽。

夜凉如水,这也是一句老话了。

某月某日

天气挺暖和,能见度很高。阳光直接照到床上,寻思着以后晚上要把墨镜放在床头。

下午去附近的公园,一个嗓子很好听的妇女唱歌拉手风琴。那些"文革"以前流行的各国歌曲。在她边上的一张椅子上闲坐,看那些高高在上的风筝和在云层中穿过的客机。如果要选我见过的世上最美的园林,那就是彼得堡郊外芬兰湾旁的夏宫。

甘霖来电话,安全抵达新加坡。

某月某日

收到王洁琼寄来的《垂死的肉身》两册。不错的装帧。

下午倪先生开车送我们去曲阳路赴宴,天龙公司十周年庆典。九点左右离席,早早回家。送刘苇《带着鲑鱼去旅行》一册,作协五十周年庆典音乐会的票送给了马老师。

有点累。看了东方卫视转播的伦敦德比,海布里球场,阿森纳对切尔西。二比二。

某月某日

中午牟正蓬来电话,说她们还是要做读书节目,约了下午四点在丹堤开策划会。

给姚克明老师发去韩博为《书城》写的访问——听说这杂志要停刊——他说《上海作家》想用。

感觉有点累,错过了去徐冰筹划的罗大佑的私人 party。

某月某日

上午庄伟从北京来电话,问《少女群像》的出版事宜。说她很喜欢这部小说,希望能在中青社出版。庄伟乃值得信赖之人,办事认真守信。

下午去作协开会,作协成立五十年。与会者获赠《上海作家词典》一册,收有关于鄙人的七八行字;纪念文集三卷,内收拙作《一点纪念》一篇。蔡翔,多日不见,长围巾,改走风流倜傥路线。王纪人老师改抽六毫克中南海,说是此烟预防高血压,日本国人特来中国采购此烟。王小鹰赠《我为你辩护》一册。程小莹叮嘱每月10日流水交稿。郑体武说他正在编一部新的俄国文学词典,五百万字,工程浩大。已经习惯了他的一头白发,看着已经不像初见时那么震惊。转眼我也已是白发丛生。和他说希望有机会联系一下奥列格,再去俄国旅行。很怀念俄国旅馆的味道。晚上,《外滩画报》一记者来电采访,问对于坊间流行戏说经典有何看法,没有读过,没有看法。魏学来电话,商议《百家讲坛》讲什么,大致是一个连续的讲座。说什么呢?

某月某日

上海图书馆文化博览厅为设置上海作家作品赠书专架来信,征集图书。赠阅次年《文汇读书周报》一份。牟正蓬来电话,《读书有用》明天下午在浦东滨江大道宝莱纳开策划会。刘挺来电话,《大都市》希望在下周就单身问题做一个两人谈话。未定。《天津日报》寄来稿费,不知道他们用了什么稿子。

某月某日

昨天冬至。妈妈重感冒,在家挂水三天。雍雍今天下午飞新加坡,给甘霖买了六幅镜框,由他带去。马振骋先生来电话约了圣诞夜去谭蔚家聚会。昨天李其纲来电话,下月底要去评新概念作文。

某月某日

忙乱的一周。母亲打了五天点滴,病情还算稳定。天气忽然就有了冬天的意思,这样还算得上是冬天。圣诞夜前一天,郑逸文来电话邀请去《文汇报》参加中国黄酒高级论坛。算是见识了黄酒的妙处。

晚上和朋友去L16吃泰国菜。环境不错,服务值得称道。24日下午去《大都市》作有关都市人群单身问题的谈话,和一位李姓心理分析师。在一间办公室曾年拍摄的巴黎街景巨幅照片前录音、拍照。信口开河,说了什么都已经忘了。

年前巴黎书展,曾年应加玛图片社之约来上海拍照,在成都路高架下,寒风中吴亮和我轮番被置于错综的道路之前。后在陈村家的露台上,也折腾了好一阵。总之,脸是浮肿的。曾年说,众作家被制作成大尺幅的招贴,不能设想那是什么景象。

刘挺赠送《论语》周历一册,设计不俗。晚间去谭蔚家聚会,她和菲力普已经订婚。请了二三十人,菲力普的下属用大众捷运车来了一大堆折叠椅,说是从他任职的法领馆教育处借的。捎去朋友送的红酒一瓶,喝了更多的红酒,有一种相当不错,名字忘了,标签上有五只羊。谭蔚赠送《合唱团》一片的电影原声带。回来放给朋友听,高兴坏了。刘苇赠送菲力普·罗斯的小说一本,不忍卒读。估计是译得差,如果原文也是这德性,那就是罗斯·菲力普了。此前刘苇送菲力普·索莱尔斯的小说《女人们》一册。上个世纪80年代,第一次读到他的短篇小说《挑战》,就相当喜欢。"我那时候的处境真是离奇而又悲凉,仿佛置身于高台顶端,飘浮于云雾之中。"

这一晚,最有价值的礼物,是一朋友从亚马逊网上邮购的约翰·邓恩的爱情诗集。纽约圣马丁版。那晚看完影片《查令十字街84号》,说是要去邮购,以为已经忘了这事。还有企鹅版的诗文集以及一部约翰·邓恩的传记,连邮费共计约五十美金。

说得不错。愉快的一夜。

某月某日

海男来电话约稿。《小说选刊》的一位女士来电话,通报选用《少女群像》。刘苇写了关于文学片断自选的书评。《上海一周》的编辑来电话约稿,关于本年度网络的十个关键词。写不了。建议去找陈村老师。

某月某日

母亲病情不见好转,准备明天去住院。

元旦晚间张锐和朋友在苏浙汇宴请,与小眼三人党等一帮老朋友同往。各种黄段子假手机短信满天飞,了无新意。印度洋海啸是当然的话题,各种末世论在餐桌上被讨论。饭后去 blues and jazz,和徐峥两口子喝了一杯。

餐前去季风书园买了索尔·贝娄的《拉维尔斯坦》、伍迪·艾伦的《门萨的娼妓》、一本关于让-吕克·戈达尔的小册子、耶利内克的《钢琴教师》。最好的依然是索尔·贝娄,睿智的老顽童,如他写到的,依然"沐浴在人性之中……正如牛必须添点盐一样,有时候我也渴望身体上的接触"。他的车轱辘话式的冷嘲热讽依然如故:"他对于感情的渴望评价非常高。认为追求爱情,陷入热恋,乃是寻回你失去的另一半自我,正如阿里斯托芬所说的。只不过这句话并不是阿里斯托芬所说的,而是柏拉图在一篇演讲中说的,但被认为是阿里斯托芬所说。"在某个特殊的事例中,他笔下的主人公甚至认为:"始终如一的优良品行是一个非常不好的迹象。"令人想到一个网络上的关于选择什么人做领袖的模拟测试——年轻时的希特勒被认为个人操守优良。一种以误导读者思路着手的逆推游戏。

某月某日

小磊来电话。他准备把我的随笔搬上舞台,脚本已经发我,名为《在上海的山上》,是反戏剧的吗?拭目以待吧。

某月某日

下午去中山南二路一大院内录老牟做的读书节目,从一点折腾到八点,应该是面目可憎了。Z从新西兰放假回沪过年,去参观他的新居。与一群老朋友聚餐。

某月某日

昨天去医院看母亲,病情稳定,已经不再咳嗽。甘霖打来电话,店面正在装修,进展还算顺利。后去上海美术馆看印象派画展,多为巴黎奥塞博物馆的藏品。最令我迷恋的依然是阳光下的景物,巴黎之郊外,远处之建筑,河水之反光,路旁之植物。光使事物存在,令感触、幻想、缅怀、痛苦存在。购印有莫奈作品之餐垫,晚餐时送与韦大军,他和小崔为《新丝绸之路》来沪看一文物展,次日去无锡。

程永新来电话,约了2月6日去喝他的喜酒。

某月某日

前些日子,老严赠三辉图书策划之《小说稗类》一册,很是好看。作者张大春先生以小说名世,是仰慕已久的人物。但是我最先读到的,却是他为艾科的小说《福科摆》繁体中文版所写的序言。这一个人的阅读行为,可以看作是对20世纪以来的文学写作所发生的演变的小隐喻——小说家对文学理论的关注要稍胜于对小说的关注。一方面,小说的边界变化了,通俗地说,把小说当论文写和把论文当小说写都已经不再是罕见的事情。夸张地说,有时候它就是同一件事。一如虚构和非虚构的边界早已变得模糊了那样。这不是新闻。这篇名为《理性和知识的狎戏》的短文,有一个耐人寻味的副题——如何重塑历史。这也可以看作是张大春小说的夫子自道。或者说,这篇精彩的文章就是《小说稗类》的微缩本。

就小说理论和作家的语言背景和时代的关系来看,这部《小说稗类》可以和以下这些著作相媲美:詹姆斯《小说的艺术》、福斯特《小说面面观》、昆德拉《小说的艺术》。相形之下,张大春就中国小说和中国文化中那些特殊元素的运用和研究,使其别具中文的韵味。

在这部著作中,所有此前的小说理论所涉及的重要问题和重要小说无一遗漏,更重要的是,这是一部充满了趣味、见识、愉悦的诚恳之作。好比有人告诉一个足球迷,罗纳尔多是如何射门的。

当然,正如张大春所说:小说决非后出而转精、益学而渐巧,有一定向而线性的进化。相反的,小说史上不择期亦不择地而出的经典作品之间,却常出现漫长的停滞、衰退、缩减、逆变。由小说所构成的文本世界更是一片庞然的混沌。所谓"小说的体系"和"小说的理论"几乎可以被视作一矛盾语。

怎么解决这个问题呢?还是让我们听作家本人是怎么说的吧:"让我们假设此刻正面对着一个以上的小说爱好者——这种人比一般的小说读者有较世故的阅读经验,所知道的小说家也不只是常上电视、偶传绯闻或突然变成政客的那几位;他们时刻会对小说这一行感觉迷惑。这是一片非常轻盈的迷惑。"

轻盈的迷惑。这大概是阅读前最美好的体验了。

某月某日

早起。保姆已收下雍雍着司机送来的两箱水仙花,已经修好,且已用药棉护着伤口。中午将其分置于三个花盆。

晚间去马老师家聚会,享用宋老师烹制的美味。马老师赠法国国家足球队的纪录电影一部,记录蓝军夺得世界冠军的前后历程。于东田带来的朋友吕西安,昆剧院一翩翩少年,酒后一段"如花美眷,似水流年""唱到心颤"。大家相约节后去剧场为他捧场。音乐学院的邱曙苇携法语培训中心的 claire-lise 同来,二重唱之后,余兴节目是为在座的各位取名。本人在词典中查到 cle'ment 一名。至午夜,倦极而归。

某月某日

整理旧杂志。想起在《夜晚的语言》卷首引用过的叶芝的诗:悲剧正是开始于荷马,而荷马正是一个瞎子。

某月某日

去看《剧院魅影》,毛时安赠送的票,真要多谢他。这是唯一想去剧场看第二遍的戏。Phantom,哦,幽灵,幻影。像是我们镜中的形象。音乐、表演催人泪下。

某月某日

晚上和 L、J、R 去 Z 家聚会。大闸蟹伴古越龙山。彻夜长谈,

nostalgie,乡愁。那些短暂或者漫长的日子,被谨慎地触及。大家彼此拍拍肩膀,是真正的友谊。念佛吃斋的 R 口占禅诗一首:我有明珠一颗,久被尘劳封锁。今朝尘尽光生,照破山河万朵。葡萄酒喝至天亮,恍惚间,不知今夕何夕。其间她们的老同学来电话,还是那句老话,人架不住念叨。

某月某日

去陈村家玩,张献和 O 奔在,说起《剧院魅影》,大家还是兴致盎然,陈村找出正版的唱片来听,张献的思维依然迅捷如飞,他所梦想的剧场演出,在上海依然毫无踪影。翻出上个世纪 80 年代写作的一组诗,贴在《小众菜园》凑热闹。

某月某日
身体不适,用药两种。

某月某日
小磊从浦东工地上来电话,交代浦江镇购房事宜,得安排时间处理此事。去虹桥接机,航班误点,至深夜。
将近二十年后,再次写诗。《葡萄之上》。

某月某日

读北岛在《收获》上的专栏。他译帕斯捷尔纳克的《二月》末句,"痛哭形成诗章"。较之他对比的其他三位译家似乎更胜一筹。文中所引什克洛夫斯基的陌生化理论,二十年前一度是小圈子里热衷的话题。"艺术的技巧就是使对象陌生,使形式变得困难,增加感觉的难度和时间的强度,因为感觉过程就是审美目的,必须设法延长,艺术是体验对象的艺术构成的一种方式,而对象本身并不重要。"而北岛的解释更符合此地读者的阅读习惯:在日常语言的俗套中,我们对现实的感觉变得陈腐、迟钝、"自动化",文学语言则通过对日常语言的强化、凝聚、扭曲、缩短、拉长、颠倒等手段,使日常语言陌生化,从而更新我们的习惯反应,唤起我们对事物对世界的新鲜的感知。

彼时,被涉及更多的似乎是艺术的起源问题——最初在岩洞里涂上第一笔的动力——并非基于艺术史,而是基于青年时代幻想的需要。

该文讨论的帕斯捷尔纳克的另一首诗《马堡》,诚如北岛所言,写尽了失恋引发的危机。而该诗最末一节的两句,以中文论,私心更喜爱菲野的译文。

> 夜莺是棋后，我倾心于夜莺。
>
> 黑夜在胜利，王和后在退却。

北岛的文章以奥尔嘉去彼列捷尔金诺寻访帕斯捷尔纳克写来，令我想起五年前的一个寒夜，对这个莫斯科郊外的著名村落的造访。莫斯科作协外联部主任奥列格，开车送我们去小说家里丘金家做客，汽车在黑夜中驶进静谧的村庄，在拐过诗人叶甫图申克的旧居之后，绕到了帕斯捷尔纳克故居的门廊前，在车灯昏暗的光线中，房舍和院落显得有些陈旧，基本上看不清奥尔嘉握别《日瓦格医生》的作者的场景。我们没有停留，因为已经可以听见那位斯大林奖金获得者——里丘金家的凶猛猎犬的吠叫了。

弗拉基米尔·里丘金，运用俄国北方方言和古俄语写作，与他的妻子一水的农夫模样，红红的脸，纯朴如我们愿意幻想的善良农人。主人用酸黄瓜、土豆、熏肠、伏特加、鱼招待我们，那在一个平底锅里炖的鱼真是香。郑体武为我们翻译了半天，我还是没记住鱼的名字，只知道那是作家的亲戚从家乡白海捎来的。酒正酣，在谈话、翻译的间隙，我试图捕捉彼列捷尔金诺夜晚中的声音，用以镶嵌多年来俄苏文学在我心间筑起的那片宽广深厚的精神之乡。除了这儿那儿的几声犬吠，这个酝酿了无数不朽著作的村庄是寂静的。是的，我想到了爱情，不容我不想到。我就是从那苦难辽阔的文学中开始了解爱的。

那个夜晚之前的某个午夜,汽车驶经普希金和丹特士决斗的街心花园。树林在夜里显得更幽深,而我什么都看不见。那地方倒是适合在夜晚凭吊,是啊,失去爱人就像是迷失于漫漫黑夜。就像陈村代我在网上邮购的塞利纳的不朽著作 *Voyage au bout de la nuit*,马振骋先生认为可以将它译作:进入漫漫黑夜的尽头。

某月某日

又被卖光盘的小贩所骗,一部帅哥美女出演的《偷心》被剪得不知所云。而且满是电影院里的咳嗽声。很法国。

某月某日

给郑体武打电话,他从心爱的洛扎诺夫说到张爱玲之冷,从译文的转译,说到他的最近出版的新译《夏伯阳和虚空》。

晚上去青松城报到。新概念评奖,小住几日。

某月某日

在酒店房间读索莱尔斯的《女人们》。在断断续续的阅读中,在布满了省略号的叙述中,似乎发现了作者思考的线索。他的写作被普罗旺斯大学的杜莱特教授认为严重而负面地影响了我的"法文版《呼吸》",令我写了一本"从法文看"索莱尔斯式的小说,但愿未曾谋面的译者纳蒂娜没有替我受过。

林老师生日,晚间他在酒吧宴客。节后他要去越南拍片,一个植物学家和他的女儿及女学生的故事。导演拍过《巴尔扎克和小裁缝》,隐约记得多年前胡可丽说过,纳蒂娜的朋友是一位中国去的电影导演。林老师去电问及此事,果然。只是译《呼吸》已是多年前的往事,物是人非,两人各奔东西。请林老师问候戴思杰吧。

我倒是希望像博尔赫斯论述过的——阿拉伯人不写骆驼依然是个阿拉伯人,只有旅游者才会拼命写沙漠骆驼——没有因为写了一本"现代派的法国式"小说,摇身一变成为非汉语作家。但愿这种缺乏幽默感的反讽,不会被人"翻译"为寻求汉语之美是为了抵达"法语之美"。相反的评论同样来自法国,Jerome Leroy 对红娟声称喜欢《呼吸》,不知道喜欢的是不是所谓的"索莱尔斯"式的"原样"。这本小书,由一个出生在上海的男人用中文写成,由一个出生在巴黎的女人翻译成法文,彼时她的身边有一位出生在四川的男人,而代理此事的是一位出生在蒙特利尔的女人,最初推荐翻译此书的是一位出生在福建的男人。

事实上,事情也许简单如索莱尔斯所说:"睡觉的人翻了一个身,仅此而已。"

某月某日

阅卷评比结束。饭后和陈村、兆言、方方回到房间聊天,后格非来,笑谈至午夜。中间看了一会儿电视转播姚明的比赛,夜深散去。托格非去《啄木鸟》寻找旧作一篇——《影子》,几年前,交于一个叫陈什么华的人与知识出版社签约出版,后不知所终。手中留有合同一份,编辑整理的集子下落不明。

某月某日

回家。收到陆灏邮来的《万象》三册。

某月某日

下午去孙良在常熟路的住处。他刚从英国举办画展归来,送此次画展手册一本,所选作品多为近年来的倾心之作,印刷设计极英国,气度不凡。方雨桦携摄影师、灯光师前来,就此前在上海展出的法国印象派画展做访谈。我负责递话。孙良之健谈,令方雨桦颇觉意外。约好天气暖和时去做孙良的专题。天色将晚,和孙良步行去附近的湘菜馆用餐,饭后回家。

某月某日

下午机关联欢,王安忆呈水粉画一幅,送予文学基金会。画作清新可人,很是意外。冯沛龄老师赠《世纪墨珍》二册。内收《访问梦境》手稿首页影印件及韦大军所摄照片一张。

晚间大雨,和陈村、傅星同车去东亚富豪酒店程永新婚礼。宾客如云,场面盛大,令人目眩。和苏童、宝爷、余华、李洱诸公一通猛喝。遇江平夫妇,多年不见,面貌依旧。

前日立春。午夜雨中传来雷声。岁末年关,翻书至天明。

某月某日

下午去季风书园购书,得宇文所安论唐诗著作三册。多年前购得《追忆》一书,不知去向,今终得偿所愿。如该书末章的标题:为了被回忆。

和刘苇去马老师家拜年,马老师赠新译高更著作《诺阿诺阿》(塔希提土话的意思是"香啊香")。张昭回上海过年,晚间宝爷在金锚款待朋友,刘擎、傅红星来。后去刘擎的新居参观,听傅红星聊喀什,夜深而归。

某月某日

接陈丹青电邮,说次日飞欧洲……

某月某日

读萨义德的回忆录《格格不入》。他的叙述或者说此书的翻译令人讶异,据说译者出自台湾,修辞与大陆一般翻译相异其趣,若有古意。"贪图着无人打扰的奢侈……充满宽纵和音乐性的亲昵……保持……多重认同——大多彼此冲突——而从无安顿的意识……从四面八方笼罩而下的忧黯(幽黯?)中救出一点东西",其欣悦一如多年前读到纳博科夫的《说吧,回忆》。

多好啊,脑海中冒出瓦雷里《海滨墓园》中的诗句:"多好的酬劳,经过了一番深思,终得以放眼远眺神明的宁静。"

从邮局取回张森寄赠的《散文精选集》,老严寄赠的《言词而已》《右翼帝国的生成》。

朱朱来信,言喜欢《葡萄之上》,鼓励我继续写下去。稍感欣慰。

某月某日

夜里看 JEAN PIERER JENNET 的新片《漫长的婚约》。结尾的场面拍得感人至深。"望着他,望着他,望着他……"那个女声旁白,以一个仿佛与女主人公时而分离时而重合的声音形象,留驻心间。

某月某日

读宇文所安《盛唐诗》,十一章:杜甫。钦佩之至。"文体创造得无比精熟,特定时代的真实个人'历史',创造性想象的自由实践,及揭露社会不平的道德家声音。……在较深刻的文字层次上,复杂多样体现为模糊多义的句法和所指,以及极端矛盾复杂的旨意。"宇文所安的宗旨:"我们的目标不是用主要天才来界定时代,而是用那一时代的实际标准来理解其最伟大的诗人。"

他对"那一时代"的诗歌及其背景的全面分析,令人叹为观止。

和小磊在电话中讨论这个人以及《王氏之死》的作者史景迁。忽然想到,《此地是他乡》也许应该是一首长诗。我忘了,它本来应该是一首诗?

写《此地是他乡》五十三行。

某月某日

徐峥夫妇宴请。姚克明老师寄赠《海上洋泾浜》一册。

某月某日

下午和小磊、徐峥夫妇去浦东新浦江城一游。傍晚抓来张宁,饭后去 SENS AND BUND 喝酒。从高处的露台上看,风雪中的外滩,寒冷、苍茫、寂寞。

某月某日

前几日看完法国影片《漫长的婚约》,可以和今日所看《杯酒人生》做一个小对比。前者是沉痛浪漫的诗篇,后者沉痛而毫不浪漫,但依然是诗篇。《漫长的婚约》乃漫长的一生为短暂的一瞬所定义,《杯酒人生》则是短暂的旅程布满了终身的苦涩;前者以婚约歌颂承诺,后者以品酒寄寓着放弃——一次婚前去各个酒庄挑选葡萄酒的旅行,遍尝加州的美酒,而且因为过度地沉溺其中,而丧失了鉴赏品味它的能力。主人公总是在黑屋子里被激烈的敲门声叫醒,然后,让你在两块蛋糕中做选择。影片朴实无华,具有恰当的喜剧性,蕴含着对生活的丰富体会和绵长眷恋——很多时候,生活就像是一部未能出版的小说,不论写得怎样,你总是由于它不被接受而沮丧。实际上,你需要的只是一个读者,一个能真正领会、欣赏、认同它的人。这细节也来自这部影片。

正如它的片名"sideways",令人联想起美国大诗人佛罗斯特的一首名作。实际上,影片确有美国诗歌之风,对日常生活的如实描绘,叙事平实而又充满了微言大义:"我喜欢思考酒的生命,它的成长。我喜欢思考葡萄生长那年发生的事情,阳光的照耀、是否下雨。我喜欢想到照管它、摘葡萄的人。如果酒是陈的,许多人都已经死了。我喜欢酒继续在进化。如果我今天打开一瓶酒,将和在其他的日子打开味道不同,因为酒是活的,它不停地进化,越来越细腻,直到达它的顶点。然后它就开始无法避免地缓慢衰落。它的味道实在是他妈的太好了。"

教科书一般的台词。剧作的教科书,品酒的教科书,最后,如你所知,它也教你如何看待你在过往的生活中失去的一切。

某月某日

上午去作协开会。会后在作家书店购沃伦、菲利普·拉金、保罗·策兰诗集各一册,及后女权主义图文读物一本。

某月某日

龚容寄赠她责编的《少女渔猎手册》一本。收到选载《少女群像》之二月号《小说选刊》一册。刘挺邮来二月号《大都市》杂志。

看见了年前被请去和心理医生林贻真女士作关于现代城市婚姻问题的讨论专题。完全的纸上谈兵,婚姻的妙处和不堪我哪里知道?下午接Z的长途电话,她父亲在与她母亲离异多年之后,想要再婚,这件事使她备受困扰。

某月某日

昨日午间,宝爷再次在妈煮妙招宴,这回钱文忠亲自出马点菜,味道果然有所不同。陆灏老师点名批评我有关奈保尔《半生》的作业未交,子善老师、为松老师依然是笑容可掬。毛尖老师赠自选集《慢慢微笑》一册。见巴宇特,言在纽约就听说张昭要为某人做媒的传闻,吃惊不小。说到坊间争颂《孔雀》,周忱夫妇观感截然相反。饭后,毛尖老师立马在隔壁小店买下《孔雀》光碟,归去鉴定。日前,扎西多自纽约履新归来,来电说及《孔雀》,认为很好之余,似乎就缺那么一点什么。是什么? 都没想好。说是《纽约客》约了要她写专栏,够忙乎一阵的了。下午在机关听报告,吴亮拿来一摞戏票,乃顾长卫晚上在影城请众人观摩《孔雀》,在下已经为影片票房略尽绵薄,托吴亮老师捎去一点看法:《孔雀》使中国电影及电影中的人物获得了内心生活,不是潜台词或者欲言又止的那类东西,而是涉及了中国人精神中无法言说的那个世界,使之成为可以感知的存在。不小的贡献。其中第一部分姐姐的戏令人心碎。散会前沈善增老师赠新作《还吾老子》一册。

昨日下午陈村老师来电说及张远山老师之夫人，撰文批评若干作家之陈腔滥调。临时抱佛脚，立刻捧读《慢慢微笑》，学习毛尖老师的精湛文笔及卓越见解。

某月某日

天气渐暖。下午去作协参加《上海文学》的颁奖会。按吴俊的说法，是观礼去了。如孙颙在会上所言，《上海文学》对我们有知遇之恩。那些年轻获奖者怯生生的模样，大约就是二十年前我初次见到杨晓敏、周介人两位老师时的样子。陈思和问起《少女群像》的出版事宜时说：你的短篇小说、中篇小说、长篇小说其实是一样的。此话意味深长。得赠译文版四卷本《卡夫卡文集》及翻译小说数种。

某月某日

中午张水舟来电话，讨论《少女群像》出版事宜。晚上和张昭通电话，约了4月初去北京。

在黄金城道的音像店购唱片两张，马友友演奏约翰·威廉姆斯的电影音乐,《四海兄弟》等等,大师之慢板动人之极。郎朗演奏的拉赫玛尼诺夫第二钢琴协奏曲,这个天生的演奏家,奔放、细腻、炫技。综合了殷承宗、刘诗昆、许忠、李云迪等几代演奏家的激情、克制、浪漫和感性,令一个中国爱乐者对钢琴作品的东方式演绎心驰神往。相形之下,吾辈外行在此地见到的若干弹钢琴的人倒像是在灶台上演奏。

某月某日

母亲六十九岁生日,甘霖昨日从新加坡回来。上午母亲原先学校的一些退休老师来,中午在小区对面的添彩酒楼为她祝寿。

某月某日

读完《拉维尔斯坦》——索尔·贝娄认为书是"定时的语言食品"。对我们又有益又有害——我的没有多少创见的看法。由于"人是这样一种造物,对于这个世界上的一切都有话说。"而此地有另一种相异其趣的传统,如苏轼的诗句:"恰似西川杜工部,海棠虽好不留诗。"或者我在五台山塔院寺文殊发塔所见的楹联:"瓶中甘露常遍洒,手内杨枝不计秋。"

天色渐亮。想起索尔·贝娄的另一部小说《更多的人死于心碎》。那本书里的人物上火时会大叫:"我是修油表的,别拿里程表来烦我。"时隔多年,《拉维尔斯坦》的年事渐高的叙事者齐克对于"心"有了新的解释:"科学技术近来所提供的——如今人们可以到消化系统或心脏去观光。而心脏——归根结底只是一组肌肉罢了。"

某月某日

在罗森便利店看到今年的《书城》,立马抓来翻阅。去年岁末,风传它将停刊。在货架旁一气读完颉写田纳西·威廉斯的文章,颉称,"你到了新奥尔良,就是踏上了欲望号街车"。文中援引剧作家在他的第一个同性恋人 Kip 离他而去时写的信和日记:"我会像懒散的浪花那样好好地度过余生,在大浪下打盹,并梦见交织跳、单脚旋转和不可思议的足尖站立。"一瞬间似乎对他的主题、方法和文笔的了解深了一层。

Kip 是个舞蹈演员,田纳西·威廉斯写道:"如果他回来,我再也不会让他离开我。"伤痛至此,令人黯然。

令人黯然的还有年前辞世的马龙·白兰度。彼时,沪上一周刊来电希望写点什么。马龙·白兰度的表演由我们这些外行来点评,实属多余。睁大眼睛,好好享受他的演出,大概才是我们该做的事。因为这是我们自己看得见的唯一的东西。

至于他的私生活,只是媒体在引导公众的视听。首日的消息说:他身后留下巨额债务;次日又有消息说:他的各类子女开始争夺他的遗产,诸如此类。如果媒体是有逻辑的,这就是说他的子女在争夺巨额债务。

由于可以理解的原因,国中媒体只是在"援引"外电的消息,如此,真实性是在此首先需要质疑的。我们假设得到的二手资讯都是可靠的。那么人们就必须面对这样的困境:马龙·白兰度成功塑造的众多丰富、复杂的形象,是人们热爱他的原因——如果人们不只是热爱明星的话。而如果马龙·白兰度本人是一个他所塑造的人物式的人——特立独行、复杂多变——那人们似乎无法接受。

人们究竟爱什么?从反面看,也许在公众的无意识中,从来就弥漫着惊世骇俗的意愿?就像菲利普·约翰逊在为他的建筑设计作辩护时所使用的比喻:"高级妓女有什么不好?只要她够高级。"或者如苏珊·桑塔格温婉柔情时所说的:"尊重彼此的疯狂和出错的权利。"

在现实层面上,道德"假设"是一种幻觉,是意识形态面具。

某月某日

七级风,气温骤降。

电脑又坏了,无法上网,变回一台打字机。

下午F来电话,说及《孔雀》,觉得诸般皆好,只是觉得缺了点什么,使其未臻完美,F的意见是——不令人神往,人间最悲惨的故事也应有一抹神性的光辉超乎其上——艺术作品应该因其凄美而使人心向往之。这古典的尺度对《孔雀》已近乎酷评。

兴安与贺鹏飞来沪办事,晚间约了赵武平在徐家汇小聚。赵武平赠他的译作——肯尼斯·格雷厄姆的儿童读物《杨柳风》,另有耶利内克《死亡与少女》一册。后去 la ville houge 小饮。

某月某日

在陈村的《小众菜园》读到毛尖老师的《宝爷的故事》,新聊斋,乃大事记,笑翻。李锐对张炜的批评和张炜的回应,非小事。哑然。

某月某日

自己动手重装 WINDOWS,把个电脑给彻底弄趴下了。

Pam Dunn 在雍福会设宴,招待琳达等四位从新西兰和澳大利亚过来的作家。雍福会此前乃英国领事馆租用的宅子,餐厅光线昏暗,家具店风格。安忆笑说适合爱涂脂抹粉的人,看不清脸上的褶子。

琳达乃张献参加爱荷华国际写作计划时认识的朋友,也是一位剧作家,华裔,她给我们看新作《家书》的封套,上有她曾祖父当年为获得身份缴纳一百纽币的文书影印件——针对华人的歧视性条款。我说在今天大概就是投资移民吧?左右的外交官一通眨巴眼。新西兰政府前些年特为此事向华人道歉。琳达的曾祖父,从照片看,一个标准的中国老头。Pam Dunn 的祖上亦有中国血统,Pam Dunn 笑称自己长得像毛利人,是个土著。两位常住澳洲的作家有澳洲政府安排,要在陕西南路小住三月,说起上海,喜欢得不行。怪不得我们都住到环线以外去了。就像前些日子宝爷发布的"城市居住规划":环线以内说英文,内外环之间说普通话,外环线以外说上海话。保罗说现在去新西兰晃悠的上海人越来越多,混合在世界各地去看《魔戒》外景地的人潮中。虽然人们知道,电影中的壮丽景观大半来自电脑。

某月某日

接李旭发来的请柬,下午去上海美术馆看《巴黎在上海》摄影展。如他所言,展出的作品令人折服。布勒松的《圣-拉扎尔站》、马克·里布《埃菲尔铁塔的油漆工》,这些在杂志的翻拍中见过的作品,在美术馆的展厅里依然夺人眼目。贝尔纳尔·富孔将人体模型和真人并置的戏剧性场景系列作品、阿兰·弗雷谢尔对物体的反射特性之研究——乃是出于"对图像出现和消失之条件的思考"(让-吕克·蒙特罗索),皮埃尔和吉尔的《巴黎恋人》、卡特琳娜·伊卡姆的《虚拟肖像》最是令人难忘。在三代摄影家的镜头中,自然之欣悦演变为时尚之情欲和虚拟世界的客观之幻觉——世界之映像已转变为世界之延伸。开幕式赠影集一册。愉悦的下午。此前去季风书园,购舍斯托夫、柏林、沃尔科特及宇文所安《迷楼》等六册。

晚间宝爷宴请王文华,同去作陪的还有陆灏、王娜、王为松夫妇等。席间主题为小写的英文字母 s。

某月某日

廖一梅携新作《琥珀》来上海,孟京辉导的新戏,她写的剧本。多年前在北京,时事公司投资排《我爱×××》,跟王朔一起去看剧组排练,她就是编剧之一。那个寒夜,从亚运村的韩国馆子出来,去青艺,穿过一组复杂的楼梯,仿佛在一阁楼上,剧组在联排。

而我——毫不夸张地说,在一旁的椅子上笑得差点岔过气去。遗憾的是没见这戏公演。快十年了吧? 今日的明星,那时候还是些没长开的丫头。可她看着一点没变,还是那么干脆利落。

在剧场过道里遇见陈村,脖子上挂着他自谦为"狗仔队"的高级设备,演到一半他就往外走,不知有何急事。同去的巴宇特倒是喜欢这戏,兴许是北京人的缘故吧。

我这近视眼看不清台上的眉眼,只觉得袁泉的嗓音甚是迷人。依然是那个孟京辉,十八般武艺一样不落,一个戏剧舞台的周星驰。莎士比亚风格的犀利台词和巴洛克式的陈词滥调穿梭往来,女主角追寻一颗被移植的心脏,算得上是当代的奇幻之旅。廖一梅的人物说:"心脏只是一个血液循环的器官。"较之索尔·贝娄"心脏只是一组肌肉罢了"还算是比较有感情。最令人喷饭的是这一句:"骗取一个骗子的感情是不道德的。"

某月某日

下午,M'ON THE BUND,去年因《美丽线条》(*The tine of Beauty*)获布克奖的艾伦·霍林赫斯特(Alan Hollinghurst)访谈会,应陆灏之约前去,他的老友艾力克斯自告奋勇当译员,两边有谈瀛洲、巴宇特坐镇,如许翻译力量,联合国开会也不过如此吧? 主持访问的英方人员当面奉承获奖作家,令听众窃笑。当年阿克曼论及在北京、上海晃悠的某些使领馆的文化官员,言辞更是极端:"他们根本不懂文学!"

艾伦·霍林赫斯特含蓄优雅——这部关乎同性恋的小说,作者亦是道中人——阅读作品嗓音抓人。内中关于撒切尔夫人出席舞会的段落博来阵阵掌声,听众中几对黑白配的外国同志频频妩媚微笑。作家对政客和上流社会的挖苦讽刺不遗余力,小说所涉及流亡英国之捷克女钢琴家演奏的作品,在作家的朗读之间穿插播放。窗外天气阴沉,而这下午毫不沉闷。

一个名为上海国际作家节的活动由一家法式餐厅操办——此乃香港国际作家节的衍生活动,令上海的生活滋味多样。几年前写的小说《镜花缘》,开篇场景即是 M'ON THE BUND,一则人物病态、感情节制的声色故事,与当下乐呵呵的世风格格不入。午后嘈杂的人声令室内少了几分夜间灯火下的妖娆靡丽。外滩,如我在别处写道:"……上海的标志、心脏和边缘……这是一个令我有一丝诧异的地方,它是这座城市的形象和象征,但又是如此地外在于它,仿佛悬挂在体外的心脏,在某处支配着这个城市的生活、经验和想象……"

某月某日

李辉夫妇来上海,陈村呼朋引类,在家宴客。吴斐待客细心妥帖,水果菜肴、花卉盆栽,乃饕餮之夜。李辉赠他的新书随笔集《走进别人的花园》。所收作品与他的历史研究不同,别有一番风景。众人纷说时下风靡一时的《宝爷故事》。想起日前读到朱利安·巴恩斯所著《福楼拜的鹦鹉》的引言:"当你给一个朋友写传记的时候,你必须写得仿佛你是在报复他似的。(福楼拜)"另有译家撰文,声言"报复他"应该译成"为他报仇"。

朱利安·巴恩斯为福楼拜编制的年表中,1857年一栏最值得码字的人玩味:"……作品是像金字塔那样建造出来的……而这一切都不是为了达到什么目的!它就是那样屹立在沙漠里……豺狼在它的底座下撒尿,中产阶级则爬到它的顶巅之上。"

该书的译者汤永宽先生,声带手术之后,艰难地依靠仪器辅助发声。老先生多年前赠我的译作《四个四重奏》,一直在手边,艾略特那深情内敛的诗句,我一念起曹小磊就要发笑。

那无所依附的眷恋,有可能被看作是无所眷恋。

T.S.艾略特这部不朽诗篇的另一个中译者裘小龙,这个下午正坐在昨日布克奖得主坐的位置上,和陆灏一起作关于"现代上海文学"的演讲。在裘小龙那销往世界各地的侦探小说里——根据宝爷的书评——上海的警察办案时,兜里就揣着艾略特的诗集。

某月某日

晚上应刘擎的朋友周小琳之约去上海电台录制节目,我的爱乐生活之类。回首往事,我的音乐启蒙课似乎来自于"文革"时期的八个样板戏。那个如今反复被提及的——当然不是在电台里——作曲家是于会泳。是他吗？塑造了一个时期的音乐记忆。

某月某日

下午,《上海一周》的吕正带着摄影师来拍摄作家书房。一张浮肿的脸被记录在案。

J发来多年前写给情人的长信供我学习——不能共享一勺一箸,盼能同吟一曲一阕——其哀婉、其仁慈、其细腻优美,令人叹服。这"民间语文"使我汗颜。一篇未发表的华丽而诚挚的作品。

坊间盛传陈丹青辞去清华教职一事,真伪莫辨。虽然个中原委在他抨击美术院校招生制度的长文中表露无遗。也许,他所分辨的正如他力荐的以赛亚·柏林在《现实感》中论述过的:"区分真正的山峰与状如山峰的云、真正的棕榈清泉与沙漠里的海市蜃楼、一个时代或文化真实的特点与想象的重构、可以在特定时期内实现的实际方案与也许能在别的而不是在所讨论的社会和时代里实现的方案。"

某月某日

宋老师以拿手美味待客,马老师赠新译莎乐美论易卜生的著作《阁楼里的女人》。

饭前乱翻报纸,读到《外滩画报》上刘擎的专栏文章,记述他在大剧院观剧时目睹一个喋喋不休的日本人侮辱中国人的无礼行径。文章痛快,理论高尚,但是教养极好的刘擎生气了。换了脾气坏的人也许会破口大骂,管他什么语言,一知半解的全用上,直闹到保安把人从观众席里架出去。

叙事、叙述,使语境发生逆转,使修辞的轴心倾斜,最终致使语义走向它的反面,或者抽空它,令它不在场,使主体归于缺失。如在上海的日常语汇中最搞笑的词汇——素质。注意它在街头巷尾的沪语发音及语气,这两个字差不多总是出自泼皮无赖之口,或者出自一种无望的僭越企图。

某月某日

中午在 msn 上撞见王佳彦,约了去看西班牙影展之《旋转木马》。多年来假光盘消磨时间,摸黑进入电影院的愉悦已是遥远的经验。王佳彦开玩笑说,影城票房不好我等要负一定责任。

听不懂西班牙语越发觉得它悦耳宜人,但是临时配置的字幕小得令我绝望。影片精雕细刻,节奏舒缓,一百五十分钟的放映令观众小半退场。片中上个世纪 50 年代的马德里人有言:"如果你为长枪党而失去双腿将蒙受耻辱,如果你为其对立面失去双腿将获得荣誉,比较难办的是,你的一条腿因长枪党而失去,另一条腿失之于相反的一方。"(大意)呵呵,意味深长啊。

某月某日

作协开会。竹林赠小说《今日出门昨夜归》,蛮科幻的。不像我以前写过的《入夜出门》,听上去有醉生梦死的意思。

某月某日

王为松老师来电。在我的申请之下,他去"天涯"察看了对《福楼拜的鹦鹉》译文的质疑文章。汤永宽先生声名赫赫,而该文言之凿凿,令吾等译文读者困惑不已。近来坊间风传有人在荒郊僻壤囤积学生,大肆翻译,风云推出,众多伪书冒名面世,此等繁荣叫人瞠目结舌。

某月某日

肖丽河自耶鲁学成归来,晚间在金锚为其接风。田果安、吕梁、李捷都是多日不见,张宁则是一如既往,声讨电视谈话节目主持人。

某月某日

下午随作协同人去华东师范大学与学生座谈。傍晚到家,接《东方早报》记者采访电话,得知索尔·贝娄昨日去世。不久前刚读完他晚近的作品《拉维尔斯坦》,这个有着顽童式笑容的大师,一如既往写得干脆有力,他笔下那些因自己的思考而头疼的人物,终于为他舍弃。不知道他最终是否死于"心碎"?昨日刚读到苏珊·桑塔格纪念罗兰·巴特的文章,赞颂那些精于"线性纪事而非线性叙述"的语言艺术家。在犀利简约的海明威风靡之后,那个伟大的为人轻微忽略的具有"不知疲倦的微妙"的亨利·詹姆斯,真的是有点鲜为人知了。索尔·贝娄在汉语读者中不会有此命运吧?

某月某日

晚七时,乘 Z14 次赴京。

某月某日

晚上约了张锐、扎西多同去刘索拉位于七九八厂的住处。下午去日坛公园附近和扎西多、张锐碰头。扎西多上街对面给她女儿买面包,我们步行穿过日坛公园。园内游人稀少,全副武装的防暴部队在公共汽车上待命,他们的装备整齐地码在公园大道的树荫之下。园外一箭之遥,日本使馆门前的道路已经禁止车辆通行。

见阿城、巴宇特。阿城刚从云南返京,看着有点疲劳。待一盘蹄子下肚,整个人物焕然一新,神侃至凌晨四点,兴犹未尽。刘索拉的餐桌巨大,上的菜足够一个班的士兵享用。午夜,众人纷纷将凉菜端去厨房回锅,阿城在桌边逡巡,指点着大小盘子道:"烧剩菜我是一把好手。"

这一晚阿城的经典是:"张三是中国演张三演得最好的演员。"(此处隐去真名。)各人带去的烟已抽剩至半盒,刘索拉已有倦意,陈丹青1997年画于纽约的巨幅作品此刻已是烟雾缭绕。一干人马,仿佛加夜班的工人,在真正的从前的车间里,在家里。怪不得刘索拉坚持要在家宴客,就像格罗史密斯兄弟在那个大名鼎鼎的《小人物日记》里写到的:"老是不在家的话,家又有什么好?"

阿城从烟盒里匀出六支云溪烟给我,说是回酒店睡前的配额。黎明前夕,刘索拉在我们身后给铁栅栏门上锁。阿城驱车在半废弃的工厂区穿行,一边散布着有关水刀切割和重金属之常识的恐怖言论。

某月某日

陈村电话通知,木心先生来上海,陈丹青约了晚上去徐龙森先生位于虹桥路的住处。丹青面色严峻,当晚正有他请辞清华教职一事的电视访问。木心先生衣饰雅致,神定气闲。说故论今,侃侃而谈。你不由得想,上海正是为他这等人准备的。

J来电话,饭后去BARBAROSSA,和肖丽河等小饮。午夜只身回家,心间涌起木心的文字:"身前一人举火把,身后一人吹笛。"唔,那是何等夜之归途!

某月某日

在答应陆灏为《万象》写关于《半生》(又译作《浮生》)书评之后的一年中,我的拖拉作风,令我凑巧有机会读到三联书店新近译出的萨义德的《文化与帝国主义》,这部于上个世纪90年代出版的文学批评著作的四个章节,似乎提示了我想讨论的奈保尔小说若干主要方面:"重叠的领土,交织的历史。融合的观念。抵抗与敌对。免受统治的未来。"当然,这不是我要前进的道路,而是启发了我的思考。

找出为《半生》作的笔记。

奥登说过:"作者的兴趣和他的读者的兴趣永远不同。"所以,我不担心奈保尔或者萨义德的本意。我在只读过《半生》的一个章节时,就以它引申出一篇讲话,从上海跑到香港——一个步印度后尘,目睹英国殖民者降下旗帜的地方——奢侈而简约地谈论我自己的半生。平等地看,虽然任何人的半生都是实足的半生("仿佛未曾完整的生命"),但是这篇讲话还是被比较谦逊地称之为小半生,正如在这篇讲话中所说的,"小"意味着个人立场和作为小说家的态度,"半生"在暗示着有限的时间长度之外,对我们个人经验之外的事物的提示。总之,叙事态度为你所叙述的内容定了调子。

《半生》的故事并不复杂,奈保尔的写作多少印证了苏珊·桑塔格的有关看法:"自福楼拜以来,散文愈来愈追求诗歌中的某些密度、速度和词汇上的无可替代性。"在某种意义上,它似乎是印度三部曲的变体。如同我在读《幽暗国度》时,耳畔冒出来的罗兰·巴特的嚷嚷:"让散文公开宣称自己是小说吧。"

文类的边界日趋"含混",彼此间的影响使它们日益清晰地在对方的面貌中发现自己,至于那些"自觉"的文体家,在这方面更是不遗余力。不同的文类似乎都已经成熟膨胀得将其他文类视为自己的殖民地,套用萨义德的殖民理论,这也成了殖民地"文类"用来"确认自己的身份和自己历史存在的方式"。这个比喻令我觉得"厌恶、怕羞、动心"。这是《半生》的主人公威利·詹德兰对他喜爱的黑皮肤女孩的感觉,这可能暗示了他对英国甚至整个世界的态度。虽然,这只是我对演化至今的小说的一般理解,但是这并不是小说殖民地居民的共识。谁在乎呢?在此,我把那个思考小说问题的我视为一只待在"虚构"领域里的"非虚构"老虎。迈克尔·伍德在分析《马戏团之夜》时写道:老虎的服从可以理解为对社会屈从的隐喻——野生动物愿意接受所谓文明社会的不合理的条条框框。而"老虎的服从是原始神秘的,而且是可以撤回的"。

在这本高度内敛的小说里,印度这个"半懒散、爱做梦的庞大巨人",一如赫伯特·高曼在评论福斯特的《印度之行》时认为作家渴望突出的印度层面,"受教育的印度人虽然了解英国文明,却永远不可能真正去认同"。或者在另一个方向上,如萨义德所言:"有家乡存在,有对它的爱以及真正的归属感,才会有流亡;关于流亡的普遍真理是,不是你失去了爱和家,而是这两者天生具有意料之外和不受欢迎的失落感。对待经验要像对待马上就要消失的东西。"而"整个世界都是异国他乡"。以及可以引申至普鲁斯特的观点"所谓真正的天堂是失去的天堂"。

在这些"非印度的地方","用这些取自自身经验之外的故事,用这些跟自己截然有别的角色,要比他在学校里所写的躲藏自己身份的寓言更能呈现自己的感受"。这则书中人物或者说奈保尔从莎士比亚处获得的教益,可以被我们视为以艺术的方式理解我们的经验和我们对自身经验的理解的钥匙,用珍妮特·温特森的说法就是:"每一个我开口讲的故事都是隔着一个我无法讲的故事在说话。"如萨义德般抽象的结果就是:"国家就是叙事。叙事本身就是权力的再现。"

某些"靠最穷的穷人的施舍维生"的人,倾向于认为"黑人血统实际是隐性的"。而"好的衣服几乎带有道德意味,他尊敬那些尊敬衣服的人"。而"连串的动作使威利看出她的格调,以至于开始重新考虑她的容貌"。奈保尔说得好:"这些是印度,又不是印度。"

这种情形与弗朗索瓦·里卡尔所论述的昆德拉——一种非印度的,非奈保尔的小说——笔下的阿涅丝的情况一样,"呈现的都是一种疏离的形式,一种与世界、与自我、与世界里的自我脱离的形式;这是一种迁移,一种流亡"。阿涅丝的"迈向旁边的一步","一种背弃者的模式,一种选择不再与世界对抗、放弃战斗、选择消失的模式"。源自对"渴求感知、完善与丰盈的人的愿望与他所投身的日益沦丧的世界的遭遇"所带来的挫败和放弃。

这种不断流变的小说,甚至让人遥想卢卡奇的名言:"小说是无神世界的史诗。"卡夫卡之后,小说世界确实发生了巨大的演变。"那种不属于这个世界的奇怪感觉……以至于不属于这个世界的感觉已经完完全全成了存在与生命的本质。"弗朗索瓦·里卡尔称之为"反黑格尔的模式"。

某月某日

早晨七点抵沪。晚上去人艺看贝克特的《终局》,肖丽河做的灯光设计。殊为叹服。年轻观众的情绪为剧情所压抑,散场时的步履也失去了惯常的白领之欢悦。当周围有人热情地谈论着荒诞派的艰深含义时,纳博科夫的似乎不耐烦的声音老是会从我脑子里冒出来:"伟大的思想不过是空洞的废话,风格和结构才是一部作品的精华所在。"不会是更年期的征兆吧？或者是如约翰·波宁所质疑的，"对差异和复杂性的盲目崇拜"？

某月某日

晚间应倪为国之约去华师大。上月31日，晚上应华师大学生会之邀，做《当代生活中的文学问题》演讲。闷热，在街上走了一圈，一嘴沙子；这是春天之沙还是由蒙古而来的沙尘暴之余孽？溜达进校园。与上世纪80年代的热烈尖锐不同，现在的学生温文尔雅得出人意料。一戴眼镜的和气女生，在礼貌地询问了我的年龄之后，表示她的父亲和我同岁。

与欣然及他的丈夫托比组织的各国出版商、代理商见面。晚餐后与张生、郜元宝、谭真去学校后门外的一间酒吧小坐。多年前，这个僻静的公园入口处，已然变成一个闪着刺目灯光的小县城的中心。大约三十年前，那个浮动着植物的苦香，容纳着下午的懒散、悠闲和无所事事的公园门前的街道，已然消失。

某月某日

吴亮五十岁生日聚会。五原路某私宅，沪上画家云集，吴亮满面喜色。酒酣时，应主人之邀，将我的拙劣琴技摆弄一番。陈村指我是首次为一男子献艺。特抄录此言。

某月某日

下午收到老牟的短信。上月在北京时听她说起五一要去西藏登山。这位平日特立独行、看似无喜无悲的北京小姐,此番写作祭词一首,悲伤地悼念五一登启孜峰时殒命的队友。她在这首名为《一丛花》的词中写道:

启孜春尽日犹寒,飞雪动经幡。螺声骤起色拉寺,送老庄,兔守鹰盘。山友戚戚,阿尼啜啜,法号撼阴山。

半生风雨不等闲,来去亦悠然。佛光藏域魂飞处,问生死,何处阳关?圣地路远,继续走吧,回首已晴天。

(老牟注:启孜峰6206米。老庄乃殒命之队友,"继续走吧"是其留给人世的最后一句话。)

想起上月,抵京次日,上午张锐约去登八大处,攥着矿泉水瓶子悠然上下,进了一回公厕,下午无事一般回到城中,沐浴更衣,饮茶小憩。

一踏青,一踏雪,乃两重天也。

某月某日

上午作协会议。取作家书店代购之作家版清代孙温绘本红楼梦。甚是喜爱。

某月某日

下午去陈村家,看马原拍的电影《死亡的诗意》。马原的故事是一流的。看着不易辨认的拉萨的街景,这部黑白影片令我联想着各种各样的阴天,那种很亮的南方午后的阴天。脑海里冒出文德斯记述安东尼奥尼拍摄《云上的日子》的笔记:"浅灰的海洋光线。"这就是令我感动的电影中的天色,仿佛没缘由的,从影片所描述的故事中脱离出来——电影为我们建立了一种特殊的感性。很久没有就看过的电影写点什么,这种写作就像文德斯说的:"是在观察电影,也是在观察自己。"——哦,我停止/暂停观察自己了吗?戴维·洛奇《治疗》中的那位电视剧编剧,睡觉时老在做一些记不住的梦,"就像大脑里有一台整夜开着但是没有人看的电视"。我知道自己没有这种沮丧,我睡眠中的那架电视机是不插电的。

某月某日

赵丽宏来电,周海婴来作协,约了下午去作家书店小坐。送周先生自选集一册。听周先生亲述其父丧仪前后的诸般故事,令人小生感慨。

某月某日

上海书城为李肇正签名售书。

去许纪霖的别墅小聚,刘擎赠他翻译的《言论自由的反讽》及他写的随笔集《声东击西》。晚上去七宝古镇晚餐。餐馆内人声鼎沸,那久违了的本地口味很是迷人。

某月某日

作协。《周介人文存》出版座谈会。重读《走向明智》。

邱曙苇从南京捎来朱朱和徐累合作出版的图文集《空城记》。

刘苇寄赠《杜伊诺哀歌》中的天使一册。

某月某日

下午,于季风书园购齐泽克、詹姆逊、文德斯、法农、萨特、福柯、史景迁、季广茂、巴赞、司汤达、布鲁姆等人的书各一册。

吴亮来电话,约了晚间去芝大厦对比窗艺廊 contrasts,看"邵帆的椅子"。见汪民安、丁乙等。展览结束,艺廊一干人马请了众人去半岛酒店用餐。艺廊的主人出身名门,举手投足非本地袒胸露背的交际花可比,所谓沪上人士爱说的:一个真正的贵族需要三代人方可造就。想起日前乱翻书,读到齐泽克在《神话及神话的盛衰》中的怪论:"一个十足的精神病患者的产生需要三代人。"当然,他将此界定为精神分析中的陈词滥调之一。甚至,"一个(美丽的)情欲对象的产生也需要三代人"。他据此分析了根据马塞尔·帕尔尼奥的小说拍摄的电影《甘泉玛农》。(1)有缺陷的象征性交换;(2)不合格者的身份;(3)出众的情欲对象的出现。或者换一种说法:假结论引发的灾难性的致命事件,理解的时间,最后一个是观察的时刻。

1989年冬季的北京,那时候张暖忻搞的票,和李陀、王朔、扎西多冒着寒风,一起去看法国电影周放映的《甘泉玛农》,如果记忆无误,那应该是被齐泽克称作"大制作"的克劳德·贝利1987年摄制的版本。一晃,张暖忻去世也已十年。

某月某日

中午,谈峥在黔香阁设宴为杨扬饯行。见周毅,答应晚上将《时光流转》电邮给《笔会》。张生说古论今,依然是口吐莲花,杨斌华开玩笑叫他注意,不然会被某些人记到流水账里去。但是那天他说了什么?我似乎不记得了。那情形非常像戴维·洛奇笔下的人物(我的记忆主要来自书本,而且偏执式地要注明出处)。"别人和我说话时我一直都在听,也会做出反应,可当他们说完时,我发现自己没有听进去一个字,因为我的注意力在追寻自己的思绪。这是另一种内部紊乱症。"也许,这就是甲状腺机能亢进的表现,我还记得第一次听见一个中年女医生面无表情地告诉我:植物神经紊乱。

某月某日

下午及傍晚,作家书店。人民文学社潘凯雄来上海组稿,晚间在上海人家宴请。后去静安寺露露酒家,王宏图招宴为杨扬饯行。奥列格来上海,郑体武等在大柏树聚会,本想去看望他,将收有瓦尔代照片的新书送他,无奈路途遥远,不赶趟,只好请郑体武代为致意。晚上巴宇特约了去 JAZZ AND BLUES,见宝爷、郑逸文等。

某月某日

也斯来沪,陆灏在新吉士招宴,见宝爷、王为松夫妇。饭后齐齐去左近小贩处搜罗 DVD,宝爷推荐《The L Word》。

某月某日

晚十点,小磊来电话,说是肖丽河从纽约飞回来,通话时他们刚出浦东机场,约了一堆人去来福楼吃火锅。呵呵,我们据此知道肖丽河是多么热爱火锅。

某月某日

中午,程永新于苏浙汇设宴招待,下午与叶开、毕飞宇、朱文颖等去上海书展。

某月某日

晚上去上海书展为《世纪墨珍》作签名售书。

友人去西太平洋美属塞班岛旅游。言美方曾投入大量资金于左近的天宁岛建设民用机场,雇用的当地人干了一周,声称太累,不想挣这个钱,纷纷逃回家去,崭新的机场就此无法投入使用。轮到买廉价机票的中国游客遭罪,夜航,在塞班岛降落后,深更半夜坐船渡海上天宁岛。三千原住民每月拿着美国政府好几千补贴,整日里什么都不想干,只好由中国人千里迢迢跑去开饭店,支撑当地的旅游业。这也算海啸、台风过后,太平洋海域较为平静的消息。旅游者都会被告知,当年美国在广岛、长崎投掷的原子弹就是在天宁岛装上飞机的。

某月某日

应吴亮之约,晚间随毛尖老师一起去新华路"食堂",见袁梅及她投资的影片《姨妈的后现代生活》剧组的一干人马。正在反复戒烟的许鞍华着意为影片寻求今日上海的特殊色彩,特为拜会毛尖老师。李樯年轻活泼,装束前卫,席间为众人模仿演艺界各色人等,惟妙惟肖,令人捧腹;焦雄屏乃资深电影专家,稳重矜持;出演影片的史可模仿前著名歌星的演唱更是将众人笑翻。许鞍华笑称这组节目几日内她已观赏三遍。嗯,我们还是等着看电影吧。这儿的花雕鸡还会不断地召唤我。

邵敏寄赠周国平著作《尼采》及《妞妞》各一册。

某月某日

金星生日聚会,在 face 三楼招待朋友,随小磊夫妇同去。郭小男、曹路生都是多日不见。疯狂游泳的曹路生叫太阳晒得焦黑,肤色之深,接近于从前的两个曹路生。后巴宇特、郑逸文来。

某月某日

叶辛去往社科院任职,临别在黔香阁宴请,并赠《缠溪之恋》

一册。

某月某日

其欣然公司着人取去纪录片《一个人和一座城市》,收到李樯寄赠的成濑巳喜男影碟一套。

某月某日

肖开愚要去河南大学任教一年,临别小聚。晚间在小区对面的餐馆见肖开愚、刘伟、杨过、张嫣。饭后回家闲聊,在《外滩画报》上读到有关指控哈金涉嫌剽窃的报道,肖开愚说哈金是他多年老友,哈出国前已是友谊深厚。

虽然历史上作家模仿、袭用、改写他人作品的情况并非罕见,但是点石成金和尊重版权的界限到底在哪里呢?

某月某日

甘霖回沪。

巴宇特自京抵沪,不日将返回新泽西教书,晚间在大渔小聚。巴宇特赠新作《迷失上海》一册。呃,友人纷纷返校,夏天结束了。

某月某日

收到Y在孔夫子网上书店代为邮购的特里丰诺夫《滨河街公寓》。"如今这样的男孩子在人世间是找不到了。"重温小说的第一句,上个世纪80年代阅读此书时的生活骤然涌现。如同那本不知道借给谁了的、薄薄的、售价零点五元的小书,那时候沉溺于阅读的年轻人,随同科斯塔菲耶夫、拉斯普京、《常来电话常来玩》、《小邮差》、郑体武在一个冬季的停电之夜,就着烛光朗读的勃洛克,已然没入岁月深处。

那些沉溺于"盲目的幸福",有着"黑纽扣般的眼睛",被几幅画着"向日葵、熨斗"的油画所击倒的玛尔格莎们,在换过了孕妇装之后,已是满脸母亲的慈爱、辛酸和疲惫。

某月某日

朱文颖来信,希望替她编的关于苏州的集子写些文字,恍惚想起很久以前短暂的苏州之行。

我不能确切记得在苏州逗留的那一日,就像我无法在古人的诗文中搜寻词句,用来镶嵌我的"天堂"一夜的记忆——那彼此冲突的韵脚纠结而成的辞章,恰如苏州园林曲折陌生的回廊小径令我沉溺、叹息、迷惘。

友人在夜色中长途驱车,至午夜寄宿在城边的某个旅店,而将整个白天留给始自观前街的一碗面条,终止于小巷内的一枚落叶的游玩。是的,只有苏州这样的地方才会赋予闲暇以意义。

寻访书店、扇子、小吃和旧园林,耳朵向着淹没在市声中的评弹,那记忆中的吴侬软语,同学、表妹或者电台里某个更为甜美的女声。在此地,我恍惚看见的却是更久以前的苏州之行。

在对苏州的回忆中,追忆徘徊于那次旅行中的回忆,对我而言,只有在这个特殊的地方发生过。

有什么重大的事情需要记载?或者有什么事情需要通过记载变得重大些?没有。小事物自有其存在的方式,向着更久远的记忆,向着抵达之前的对于苏州的想象。

僻静、四通八达的街巷,门前纳凉的老人,井边洗衣的妇女,摇纸扇的书生,擦自行车的壮汉,河边的一双拖鞋,被卸下修缮的半副门板,窗内的蚊帐,攥着课本看电视的男孩,街边笼屉里的糕点——那香味,我正是循此而去。

友人背着书包在身前引路,花大半天在旧城内转悠,只为了当园林关门前片刻,与出园的游人交错而过,就着一抹余晖,体会寂然黯淡的院子,遥想在古代,掌灯时分,树荫间依稀可见的人影——闺房内商户的女儿,或者,一位退隐的前朝官员。

多年来,我就是这么遥想,回望着苏州。我知道,在大部分时间里,它只是由园丁陪伴着,洒扫庭前院后的灰尘落叶,擦拭悬挂于各处的牌匾,夜半,为木器的皲裂声所惊醒。

那是春季还是秋季?我们走得身上带些细汗,便在小巷的一处拐角抽烟歇脚。一对男女,看着像是一对恋人,从对面的门洞里出来,温柔地拌着嘴,打我们身边走过,视我们为无物。那些为声调所柔化的激烈词句,渐行渐远,没入黑瓦白墙之间,令午后的清寂弥漫开来。

有些人,可能会为寻访某人而来苏州,而我似乎会为寻访一个无人的苏州再来,这个瞬间的念头令我迷惑。此地的居民,来往行走,厕身于街巷园林,和疏朗的树影相互映衬,形貌敦厚温良,仿佛一生与剧烈的行径无涉,虽然拐出小巷,他们也汇入繁杂的人流,并且成为其中的一分子,如我们一般。

友人想寻地方小解,我们便从微凉的石板上起身,不再于街巷间绕行,而是直奔预订的园林而去。我本该顺手写下那去处的名字,它并非一个秘密的处所。但是,对我这样慵懒的游人,苏州这个名字已是意味着太多。更多的介绍、解释、索引、说明能够为此地增添什么?还是使之趋于败坏?

有谁期望一个沸腾的苏州渐渐浮现?

某月某日

刘苇生日,约了在马老师家小聚。马老师赠《一本书和一个世界》,于东田赠《大路千条》。

某月某日

C赠《查令十字街84号》,R赠《另一种写作》并布努埃尔等电影四部。

某月某日

上午作协,赴台湾"上海书展"行前会议。下午去《往事》栏目组,见吴亮、朱大可。左眼初次渗血,吴亮说是眼压过高和血脂高所致。这大概是读书写字的必由之路。